听朱自清讲

# 古典文学

朱自清——著

台海出版社

虽然不能教一般人直接亲近经典，却能启发他们的兴趣，引他们到经典的大路上去。这部小书也只是向这方面努力的工作。如果读者能把它当作一只船，航到经典的海里去……

——朱自清

目 录

# 序

　　在中等以上的教育里，经典训练应该是一个必要的项目。经典训练的价值不在实用，而在文化。有一位外国教授说过，阅读经典的用处，就在教人见识经典一番。这是很明达的议论。再说做一个有相当教育的国民，至少对于本国的经典，也有接触的义务。本书所谓经典是广义的用法，包括群经、先秦诸子、几种史书、一些集部；要读懂这些书，特别是经、子，得懂"小学"，就是文字学，所以《说文解字》等书也是经典的一部分。我国旧日的教育，可以说整个儿是读经的教育。经典训练成为教育的唯一的项目，自然偏枯失调；况且从幼童时代就开始，学生食而不化，也徒然摧残了他们的精力和兴趣。新式教育施行以后，读经渐渐废止。民国以来虽然还有一两回中小学读经运动，可是都失败了，大家认为是开倒车。另一方面，教育部制定的初中国文课程标准里却有"使学生从本国语言文字上，了解固有文化"的话，高中的标准里更有"培养学生读解古书，欣赏中国文学名著之能力"的话。初高中的国文教材，从经典选录的也不少。可见读经的废止并不就是经典训练的废止，经典训练不但没有废止，而且扩大了范围，不以经为限，又按着学生程度选材，可以免掉他们囫囵吞枣的弊病。这实在是一种进步。

我国经典，未经整理，读起来特别难，一般人往往望而生畏，结果是敬而远之。朱子似乎见到了这个，他注"四书"，一种作用就是使"四书"普及于一般人。他是成功的，他的"四书"注后来成了小学教科书。又如清初人选注的《史记菁华录》，价值和影响虽然远在"四书"注之下，可是也风行了几百年，帮助初学不少。但到了现在这时代，这些书都不适用了。我们知道清代"汉学家"对于经典的校勘和训诂贡献极大。我们理想中一般人的经典读本——有些该是全书，有些只该是选本节本——应该尽可能地采取他们的结论；一面将本文分段，仔细地标点，并用白话文做简要的注释。每种读本还得有一篇切实而浅明的白话文导言。这需要见解、学力和经验，不是一个人一个时期所能成就的。商务印书馆编印的一些"学生国学丛书"，似乎就是这番用意，但离我们理想的标准还远着呢。理想的经典读本既然一时不容易出现，有些人便想着先从治标下手。顾颉刚先生用浅明的白话文译《尚书》，又用同样的文体写《汉代学术史略》，用意便在这里。这样办虽然不能教一般人直接亲近经典，却能启发他们的兴趣，引他们到经典的大路上去。这部小书也只是向这方面努力的工作。如果读者能把它当作一只船，航到经典的海里去，编撰者将自己庆幸，在经典训练上，尽了他做尖兵的一份儿。可是如果读者念了这部书，便以为已经受到了经典训练，不再想去见识经典，那就是以筌为鱼，未免辜负编撰者的本心了。

这部书不是"国学概论"一类。照编撰者现在的意见，"概论"这名字容易教读者感到自己满足；"概论"里好像什么都有了，再用不着别的——其实什么都只有一点儿！"国学"这名字，和西洋人所谓"汉学"一般，都未免笼统的毛病。国立中央研究院的历史语言研究所分别标明历史和语言，不再浑称"国学"，确是正办。这部书以经典为主，以书为主，不以"经学""史学""诸子学"等作纲领。但诗、文两篇，却还只能叙述源流；因为书太多了，没法子一一详论，而集部书的问题，也不像经、史、子的那样重要，在这儿也无需详论。书中各篇的排列按照传统的经、史、子、集的顺序；并照传统的意见将"小学"书放在最前头；各篇的讨论，尽量采择近人新说；这中间并无编撰者自己的创见，编撰者的工作只是编撰罢了。全篇的参考资料，开列在各篇后面；局部的，随处分别注明。也有袭用成说而没有注出的，那是为了节省读者的注意力；一般的读物和考据的著作不同，是无需乎那样严格的。末了儿编撰者得谢谢杨振声先生，他鼓励编撰者写下这些篇"常谈"。还得谢谢雷海宗先生允许引用他还没有正式印行的《中国通史选读》讲义，陈梦家先生允许引用他的《中国文字学》稿本。还得谢谢董庶先生，他给我抄了全份清稿，让排印时不致有太多的错字。

朱自清

三十一年二月，昆明西南联合大学

第一

《说文解字》

《说文解字》，是文字学的古典，又是一切古典的工具或门径。

　　　　　　　　　　　　　　　　　　　　　　—— 朱自清


　　中国文字相传是黄帝的史官叫仓颉的造的。这仓颉据说有四只眼睛，他看见了地上的兽蹄儿鸟爪儿印着的痕迹，灵感涌上心头，便造起文字来。文字的作用太伟大了，太奇妙了，造字真是一件神圣的工作。但是文字可以增进人的能力，也可以增进人的巧诈。仓颉泄漏了天机，却将人教坏了。所以他造字的时候，"天雨粟，鬼夜哭"。人有了文字，会变机灵了，会争着去作那容易赚钱的商人，辛辛苦苦去种地的便少了。天怕人不够吃的，所以降下米来让他们存着救急。鬼也怕这些机灵人用文字来制他们，所以夜里嚎哭；文字原是有巫术的作用的。但仓颉造字的传说，战国末期才有。那时人并不都相信；

如《易·系辞》里就只说文字是"后世圣人"造出来的。这"后世圣人"不止一人，是许多人。我们知道，文字不断地在演变着；说是一人独创，是不可能的。《系辞》的话自然合理得多。

"仓颉造字说"也不是凭空起来的。秦以前是文字发生与演化的时代，字体因世因国而不同，官书虽是系统相承，民间书却极为庞杂。到了战国末期，政治方面，学术方面，都感到统一的需要了，鼓吹的也有人了；文字统一的需要，自然也在一般意识之中。这时候抬出一个造字的圣人，实在是统一文字的预备工夫，好教人知道"一个"圣人造的字当然是该一致的。《荀子·解蔽篇》说，"好书者众矣，而仓颉独传者，一也"，"一"是"专一"的意思，这儿只说仓颉是个整理文字的专家，并不曾说他是造字的人，可见得那时"仓颉造字说"还没有凝成定型。但是，仓颉究竟是甚么人呢？照近人的解释，"仓颉"的字音近于"商契"，造字的也许指的是商契。商契是商民族的祖宗。"契"有"刀刻"的义；古代用刀笔刻字，文字有"书契"的名称。可能的因为这点联系，商契便传为造字的圣人。事实上商契也许和造字全然无涉，但这个传说却暗示着文字起于夏商之间。这个暗示也许是值得相信的。至于仓颉是黄帝的史官，始见于《说文·序》。"仓颉造字说"大概凝定于汉初，那时还没有定出他是哪一代的人；《说文·序》所称，显然是后来加添的枝叶了。

识字是教育的初步。《周礼·保氏》说贵族子弟八岁入小学，先生教给他们识字。秦以前字体非常庞杂，贵族子弟所学的，大约只是官书罢了。秦始皇统一了天下，他也统一了文字；小篆成了国书，别体渐归淘汰，识字便简易多了。这时候贵族阶级已经没有了，所以渐渐注重一般的识字教育。到了汉代，考试史、尚书史（书记秘书）等官儿，都只凭识字的程度；识字教育更注重了。识字需要字书。相传最古的字书是《史籀篇》，是周宣王的太史籀作的。这部书已经佚去，但许慎《说文解字》里收了好些"籀文"，又称为"大篆"，字体和小篆差不多，和始皇以前三百年的碑碣器物上的秦篆简直一样。所以现在相信这只是始皇以前秦国的字书。"史籀"是"书记必读"的意思，只是书名。不是人名。

始皇为了统一文字，教李斯作了《仓颉篇》七章，赵高作了《爰历篇》六章，胡母敬作了《博学篇》七章。所选的字，大部分还是《史籀篇》里的，但字体以当时通用的小篆为准，便与"籀文"略有不同。这些是当时官定的标准字书。有了标准字书,文字统一就容易进行了。汉初,教书先生将这三篇合为一书,单称为《仓颉篇》。秦代那三种字书都不传了;汉代这个《仓颉篇》,现在残存着一部分。西汉时期还有些人作了些字书,所选的字大致和这个《仓颉篇》差不多。就中只有史游的《急就篇》还存留着。《仓颉》残篇四字一句,两句一韵。《急就篇》不分章而分部,前半三字一句,后半七字一句,两句一韵;所收的都是名姓、器物、官名等日常用字,没有说解。这些书和后世"日用杂字"相似,按事类收字——所谓分章或分部,都据事类而言。这些一面供教授学童用,一面供民众检阅用,所收约三千三百字,是通俗的字书。

东汉和帝时,有个许慎。作了一部《说文解字》。这是一部划时代的字书。经典和别的字书里的字,他都搜罗在他的书里,所以有九千字。而且小篆之外,兼收籀文、"古文";"古文"是鲁恭王所得孔子宅"壁中书"及张仓所献《春秋左氏传》的字体,大概是晚周民间的别体字。许氏又分析偏旁,定出部首,将九千字分属五百四十部首。书中每字都有说解,用晚周人作的《尔雅》,扬雄的《方言》,以及经典的注文的体例。

这部书意在帮助人通读古书，并非只供通俗之用，和秦代及西汉的字书是大不相同的。它保存了小篆和一些晚周文字，让后人可以溯源沿流；现在我们要认识商周文字，探寻汉以来字体演变的轨迹，都得凭这部书。而且不但研究字形得靠它，研究字音字义也得靠它。研究文字的形音义的，以前叫"小学"，现在叫文字学。从前学问限于经典，所以说研究学问必须从小学入手；现在学问的范围是广了，但要研究古典、古史、古文化，也还得从文字学入手。《说文解字》是文字学的古典，又是一切古典的工具或门径。

《说文·序》提起出土的古器物，说是书里也搜罗了古器物铭的文字，便是"古文"的一部分，但是汉代出土的古器物很少；而拓墨的法子到南北朝才有，当时也不会有拓本，那些铭文，许慎能见到的怕是更少。所以他的书里还只有秦篆和一些晚周民间书，再古的可以说是没有。到了宋代，古器物出土的多了，拓本也流行了，那时有了好些金石图录考释的书。"金"是铜器，铜器的铭文称为金文。铜器里钟鼎最是重器，所以也称为钟鼎文。这些铭文都是记事的。而宋以来发现的铜器大都是周代所作，所以金文多是两周的文字。清代古器物出土的更多，而光绪二十五年（西元一八九九）河南安阳发现了商代的甲骨，尤其是划时代的。甲是龟的腹甲，骨是牛胛骨。商人钻灼甲骨，以卜吉凶，卜完了就在上面刻字纪录。这称为甲骨文，又称为卜辞，是盘庚（约西元前一三〇〇）以后的商代文字。这大概是最古的文字了。甲骨文，金文，以及《说文》里所谓"古文"，还有籀文，现在统统算作古文字，这些大部分是文字统一以前的官书。甲骨文是"契"的；金文是"铸"的。铸是先在模子上刻字，再倒铜。古代书写文字的方法除"契"和"铸"外，还有"书"和"印"，因用的材料而异。"书"用笔，竹木简以及帛和纸上用"书"。"印"是在模子上刻字，印在陶器或封泥上。古代用竹木简最多，战国才有帛；纸是汉代才有的。笔出现于商代，却只用竹木削成。竹木简、帛、纸，都容易坏，汉以前的，已经荡然无存了。

造字和用字有六个条例，称为"六书"。"六书"这个总名初见于《周礼》，但六书的各个的名字到汉人的书里才见。一是"象形"，象物形的大概，如"日""月"等字。二是"指事"，用抽象的符号，指示那无形的事类，如"二"（上）"二"（下）两个字，短画和长画都是抽象的符号，各代表着一个物类。"二

"指示甲物在乙物之上，"二"指示甲物在乙物之下。这"上"和"下"两种关系便是无形的事类。又如"刃"字，在"刀"形上加一点，指示刃之所在，也是的。三是"会意"，会合两个或两个以上的字为一个字，这一个字的意义是那几个字的意义积成的。如"止""戈"为"武"，"人""言"为"信"等。四是"形声"，也是两个字合成一个字，但一个字是形，一个字是声；形是意符，声是音标。如"江""河"两字，"氵"（水）是形，"工""可"是声。但声也有兼义的。如"浅""钱""贱"三字，"水""金""贝"是形，同以"戋"为声；但水小为"浅"，金小为"钱"，贝小为"贱"，三字共有的这个"小"的意义，正是从"戋"字来的。象形、指事、会意、形声，都是造字的条例；形声最便，用处最大，所以我们的形声字最多。

五是"转注"，就是互训。两个字或两个以上的字，意义全部相同或一部相同，可以互相解释的，便是转注字，也可以叫做同义字。如"考""老"等字，又如"初""哉""首""基"等字；前者同形同部，后者不同形不同部，却都可以"转注"。同义字的孳生，大概是各地方言不同和古今语言演变的缘故。六是"假借"，语言里有许多有音无形的字，借了别的同音的字，当作那个意义用。如代名词，"予""汝""彼"等，形况字"犹豫""孟浪""关关""突如"等，虚助字"于""以""与""而""则""然""也""乎""哉"等，都是假借字。又如"令"，本义是"发号"，借为县令的"令"；"长"，本义是"久远"，借为县长的"长"。"县令""县长"是"令""长"的引申义。假借本因有音无字，但以后本来有字的也借用别的字。所以我们现在所用的字，本义的少，引申义的多，一字数义，便是这样来的。这可见假借的用处也很广大。但一字借成数义，颇不容易分别。晋以来通行了四声，这才将同一字分读几个音，让意义分得开些。如"久远"的"长"平声，"县长"的"长"读上声之类。这样，一个字便变成几个字了。转注、假借都是用字的条例。

象形字本于图画。初民常以画记名，以画记事；这便是象形的源头。但文字本于语言，语言发于声音，以某声命物，某声便是那物的名字。这是"名"；"名"该只指声音而言。画出那物形的大概，是象形字。"文字"与"字"都是通称；分析地说，象形的字该叫做"文"，"文"是"错画"的意思。"文"本于"名"，如先有"日"名，才会有"日"这个"文"，

"名"就是"文"的声音。任物类无穷，不能一一造"文"，便只得用假借字。假借字以声为主，也可以叫做"名"。一字借为数字，后世用四声分别，古代却用偏旁分别，这便是形声字。如"⊠"本象箕形，是"文"，它的"名"是"丩"。而日期的"期"，旗帜的"旗"，麒麟的"麒"等，在语言中与"⊠"同声，却无专字，便都借用"⊠"字。后来才加"月"为"期"，加"㫃"为"旗"，加"鹿"为"麒"，一个字变成了几个字。严格地说，形声字才该叫做"字"，"字"是"孳乳而渐多"的意思。象形有抽象作用，如一画可以代表任何一物，"二"（上）"二"（下）"一""二""三"其实都可以说是象形。象形又有指示作用，如"刀"字上加一点，表明刃在那里。这样，旧时所谓指事字其实都可以归入象形字。象形还有会合作用，会合两个或两个以上的分子，表示一个意义；那么，旧时所谓会意字其实也可以归入象形字。但会合成功的不是"文"，也该是"字"。象形字、假借字、形声字，是文字发展的逻辑的程序，但甲骨文里三种字都已经有了。这里所说的程序，是近人新说，和"六书说"颇有出入。六书说原有些不完备不清楚的地方，新说加以补充修正，似乎更可信些。

秦以后只是书体演变的时代。演变的主因是应用，演变的方向是简易。始皇用小篆统一了文字，不久便又有了"隶书"。当时公事忙，文书多，书记虽遵用小篆，有些下行文书，却不免写得草率些。日子长了，这样写的人多了，便自然而然成了一体，称为"隶书"；因为是给徒隶等下级办公人看的。这种字体究竟和小篆差不多。到了汉末，才渐渐变了，椭圆的变为扁方的，"敛笔"变为"挑笔"。这是所谓汉隶，是隶书的标准。晋唐之间，又称为"八分书"。汉初还有草书，从隶书变化，更为简便。这从清末以来新疆和敦煌发的汉晋间的木简里最能见出。这种草书，各字分开，还带着挑笔，称为"章草"。魏、晋之际，又嫌挑笔费事，改为敛笔，字字连书，以一行或一节为单位。这称为"今草"。隶书方整，去了挑笔，又变为"正书"。这起于魏代。晋唐之间，却称为"隶书"，而称汉隶为"八分书"。晋代也称为"楷书"。宋代又改称为"真书"。正书本也是扁方的，到陈隋的时候，渐渐变方了。到了唐代，又渐渐变长了。这是为了好看。正书简化，便成"行书"，起于晋代。大概正书不免于拘，草书不免于放，行书介乎两者之间，最为适用。但现在还通用着正书，而辅以行草。一方面却提倡民间的"简笔字"，将正书行书再行简化；这也还是求应用便利的缘故。

---

**参考资料：**

《说文解字叙（序）》 ｜ 容庚《中国文字学》 ｜ 陈梦家《中国文字学》稿本

第二　《周易》

在人家门头上，在小孩的帽饰上，我们常见到八卦那种东西。八卦是圣物，放在门头上，放在帽饰里，是可以避邪的。辟邪还只是它的小神通；它的大神通在能够因往知来，预言吉凶。算命的，看相的，卜课的，都用得着它。他们普通只用五行生克的道理就够了，但要详细推算，就得用阴阳和八卦的道理。八卦及阴阳五行和我们非常熟悉；这些道理直到现在还是我们大部分人的信仰；我们大部分人的日常生活不知不觉之中教这些道理支配着。行人不至，谋事未成，财运欠通，婚姻待决，子息不旺，乃至种种疾病疑难，许多人都会去求签问卜，算命看相，可见影响之大。讲五行的经典，现在有《尚书·洪范》；讲八卦的便是《周易》。

八卦相传是伏羲氏画的。另一个传说却说不是他自出心裁画的。那时候有匹龙马从黄河里出来，背着一幅图，上面便是八卦，伏羲只照着描下来罢了。但因为伏羲是圣人，那时代是圣世，天才派了龙马赐给他这件圣物。所谓"河图"，便是这个。那讲五行的洪范，据说也是大禹治水时在洛水中从一只神龟背上得着的，也出于天赐。所谓"洛书"，便是那个。但这些神怪的故事显然是八卦和五行的宣传家造出来抬高这两种学说的地位的。伏羲氏恐怕压根儿就没有这个人，他只是秦汉间儒家假托的圣王。至于八卦，大概是有了筮法以后才有的。商民族是用龟的腹甲或牛的胛骨卜吉凶，他们先在甲骨上钻一下，再用火灼；甲骨经火，有裂痕，便是兆象，卜官细看兆象，断定吉凶；然后便将卜的人、卜的日子、卜的问句等用刀笔刻在甲骨上，这便是卜辞。卜辞里并没有阴阳的观念，也没有八卦的痕迹。

卜法用牛骨最多，用龟甲是很少的。商代农业刚起头，游猎和畜牧还是主要的生活方式，那时牛骨头不缺少；到了周代，渐渐脱离游牧时代，进到农业社会了，牛骨头便没有那么容易得了。这时候却有了筮法，作为卜法的辅助，筮法只用些蓍草，那是不难得的。蓍草是一种长寿草，古人觉得这草和老年人一样，阅历多了，知道的也就多了，所以用它来占吉凶。筮的时候用它的杆子；方法已不能详知，大概是数的。取一把蓍草，数一下看是甚么数目，看是奇数还是偶数，也许这便可以断定吉凶。古代人看见数目整齐而又有变化，认为是神秘的东西。数目的连续、循环以及奇偶，都引起人们的惊奇。那时候相信数目是有魔力的，所以巫术里用得着它。——我们一般人直到现在，还嫌恶奇数，喜欢偶数，该是那些巫术的遗迹。那时候又相信数目是有道理的，所以哲学里用得着它。我们现在还说，凡事都有定数，这就是前定的意思；这是很古的信仰了。人生有数，世界也有数，数是算好了的一笔账；用现在的话说，便是机械的。数又是宇宙的架子，如说太极生两仪，两仪生四象[1]，就是一生二、二生四的意思。筮法可以说是一种巫术，是靠了数目来判断吉凶的。

八卦的基础便是一二三的数目。整画"—"是一；断画 – – 是二；三画叠而成卦是 ☰。这样配出八个卦，便是 ☰ ☱ ☲ ☳ ☶ ☵ ☴ ☷；乾、兑、离、震、艮、坎、巽、坤，是这些卦的名字。那整画断画的排列，也许是排列着蓍草时触悟出来的。八卦到底太简单了，后来便将这些卦重起来，两卦重作

---

[1] 二语见《易·系辞》。太极是混沌的元气，两仪是天地，四象是日月星辰。

一个，按照算学里错列与组合的必然，成了六十四卦，就是《周易》里的卦数。蓍草的应用，也许起于民间；但八卦的创制，六十四卦的推演，巫与卜官大约是重要的角色。古代巫与卜官同时也就是史官，一切的记载，一切的档案，都掌管在他们的手里。他们是当时知识的权威，参加创卦和重卦的工作是可能的。筮法比卜法简便得多，但起初人们并不十分信任它。直到春秋时候，还有"筮短龟长"的话[1]。那些时代，大概小事才用筮，大事还得用卜的。

筮法袭用卜法的地方不少。卜法的里的兆象，据说有一百二十体，每一体都有十条断定吉凶的"颂"辞[2]。这些是现成的辞。但兆象是自然地出来的，有时不能凑合到那一百二十体里去，便得另造新辞。筮法里的六十四卦，就相当于一百二十体的兆象。那断定吉凶的辞，原叫作繇辞，"繇"是"抽出来"的意思。《周易》里一卦有六画，每画叫作一爻——六爻的次序是由下向上数的。繇辞有属于卦的总体的，有属于各爻的；所以后来分称为卦辞和爻辞。这种卦爻辞也是卜筮官

1　《左传·僖公四年》。
2　《周礼·春官·太卜》。

的占筮纪录，但和甲骨卜辞的性质不一样。

从卦爻辞里的历史故事和风俗制度看，我们知道这些是西周初叶的纪录，纪录里好些是不联贯的，大概是几次筮辞并列在一起的缘故。那时卜筮官将这些卦爻辞按着卦爻的顺序编辑起来，便成了《周易》这部书。"易"是"简易"的意思，是说筮法比卜法简易的意思。本来呢，卦数既然是一定的，每卦每爻的辞又是一定的，检查起来，引申推论起来，自然就"简易"了。不过这只在当时的卜筮官如此。他们熟习当时的背景，卦爻辞虽"简"，他们却觉得"易"。到了后世就不然了，筮法久已失传，有些卦爻辞简直就看不懂了。《周易》原只是当时一部切用的筮书。

《周易》现在已经变成了儒家经典的第一部；但早期的儒家还没注意这部书。孔子是不讲怪力乱神的。《论语》里虽有"五十以学《易》，可以无大过矣"的话，但另一个本子作"五十以学，亦可以无大过矣"[1]；所以这句话是很可疑的。孔子只教学生读《诗》、《书》和《春秋》，确没有教读《周易》。《孟

---

1　《古论语》作"易"，《鲁论语》作"亦"。

子》称引《诗》、《书》，也没说到《周易》。《周易》变成儒家的经典，是在战国末期。那时候阴阳家的学说盛行，儒家大约受了他们的影响，才研究起这部书来。那时候道家的学说也盛行，也从另一面影响了儒家。儒家就在这两家学说的影响之下，给《周易》的卦爻辞作了种种新解释。这些新解释并非在忠实地确切的解释卦爻辞，其实倒是藉着卦爻辞发挥他们的哲学。这种新解释存下来的，便是所谓《易传》。

《易传》中间较有系统的是彖辞和象辞。彖辞断定一卦的涵义——"彖"就是"断"的意思。象辞推演卦和爻的象，这个"象"字相当于现在所谓"观念"。这个字后来成为解释《周易》的专门名词。但彖辞断定的涵义，象辞推演的观念，其实不是真正从卦爻里探究出来的；那些只是作传的人附会在卦爻上面的。这里面包含着多量的儒家伦理思想和政治哲学；象辞的话更有许多和《论语》相近的。但说到"天"的时候，不当作有人格的上帝，而只当作自然的道，却是道家的色彩了。这两种传似乎是编纂起来的，并非一人所作。此外有《文言》和《系辞》。《文言》解释乾坤两卦；《系辞》发挥宇宙观人生观，偶然也有分别解释卦爻的话。这些似乎都是抱残守阙、汇集众说而成。到了汉代，又新发现了《说卦》、《序卦》、《杂卦》三种传。《说卦》推演卦象，说明某卦的观念象征着自然界和人世间的某些事物，譬如乾卦象征着天，又象征着父之类。《序卦》说明六十四卦排列先后的道理。《杂卦》比较各卦意义的同异之处。这三种传据说是河内一个女子在甚么地方找着的，后来称为《逸易》；其实也许就是汉代人作的。

八卦原只是数目的巫术，这时候却变成数目的哲学了。那整画"—"是奇数，代表天，那断画"——"是偶数，代表地。奇数是阳数，偶数是阴数；阴阳的观念是从男女来的。有天地，不能没有万物，正和有男女就有子息一样，所以三画才能成一卦。卦是表示阴阳变化的；《周易》的"易"，也便是"变化"的意思。为什么要八个卦呢？这原是算学里错列与组合的必然，但这时候却想着是万象的分类。乾是天，是父等；坤是地，是母等；震是雷，是长子等；巽是风，是长女等；坎是水，是心病等；离是火，是中女等；艮是山，是太监等；兑是泽，是少女等。这样，八卦便象征着也支配着整个的大自然，整个的人间世了。八卦重为六十四卦，卦是复合的，卦象也是复合的，作用便更复杂更具体了。据说伏羲神农黄帝尧舜一班圣人看了六十四卦的象，悟出了种种道理，这才制造了器物，建立了制度，耒耜以及文字等等东西，"日中为市"等等制度，都是他们从六十四卦推演出来的。

这个观象制器的故事，见于《系辞》。《系辞》是最重要的一部《易传》。这传里借着八卦和卦爻辞发挥着的融合儒道的哲学，和观象制器的故事，都大大地增加了《周易》的价值，抬高了它的地位。《周易》的地位抬高了，关于它的传说也就多了。《系辞》里只说伏羲作八卦；后来的传说却将重卦的、作卦爻辞的、作《易传》的人，都补出来了。但这些传说都比较晚，所以有些参差，不尽能像"伏羲画卦说"那样成为定论。重卦的人，有说是伏羲的，有说是神农的，有说是文王的。卦爻辞有说全是文王作的，有说爻辞是周公作的；有说全是孔子作的。《易传》却都说是孔子作的。这些都是圣人。《周易》的经传都出于圣人之手，所以和儒家所谓道统，关系特别深切；这成了他们一部传道的书。所以到了汉代，便已跳到"六经"之首了[1]。

1　《庄子·天运篇》和《天下篇》所说六经的次序是：《诗》《书》《礼》《乐》《易》《春秋》；到了《汉书·艺文志》，便成了《易》《书》《诗》《礼》《乐》《春秋》了。

但另一面阴阳八卦与五行结合起来，三位一体地演变出后来医卜星相种种迷信、种种花样。支配着一般民众，势力也非常雄厚。这里面儒家的影响却很少了，大部分还是《周易》原来的卜筮传统的力量。儒家的《周易》是哲学化了的；民众的《周易》倒是巫术的本来面目。

---

**参考资料：**

顾颉刚《周易卦爻辞中的故事》（《古史辨》第三册上） ｜ 李镜池《易传探原》（同上） ｜ 余永梁《易卦爻辞的时代及其作者》（同上）

第三　《尚书》

《尚书》是中国最古的记言的历史。所谓记言，其实也是记事，不过是一种特别的方式罢了。记事比较的是间接的，记言比较的是直接的。记言大部分照说的话写下来；虽然也须略加剪裁，但是尽可以不必多费心思。记事需要化自称为他称，剪裁也难，费的心思自然要多得多。

　　中国的记言文是在记事文之先发展的。商代甲骨卜辞大部分是些问句，记事的话不多见。两周金文也还多以记言为主。直到战国时代，记事文才有了长足的进展。古代言文大概是合一的；说出的写下的都可以叫做"辞"。卜辞我们称为"辞"，《尚书》的大部分其实也是"辞"。我们相信这些辞都是当时的"雅言"[1]，就是当时的官话或普通话。但传到后世，这种官话或普通话却

---

1　"雅言"见《论语·述而》。

变成诘屈聱牙的古语了。

《尚书》包括虞夏商周四代；大部分是号令，就是向大众宣布的话，小部分是君臣相告的话。也有记事的，可是照近人的说数，那记事的几篇，大都是战国末年人的制作，应该分别地看。那些号令多称为"誓"或"诰"，后人便用"誓""诰"的名字来代表这一类。平时的号令叫"诰"，有关军事的叫"誓"。君告臣的话多称为"命"；臣告君的话却似乎并无定名，偶然有称为"谟"[1]的。这些辞有的是当代史官所记，有的是后代史官追记。当代史官也许根据亲闻，后代史官便只能根据传闻了。这些辞原来似乎只是说的话，并非写出的文告；史官纪录，意在存作档案，备后来查考之用。这种古代的档案，想来很多，留下来的却很少。汉代传有《书序》，来历不详，也许是周秦间人所作。有人说，孔子删《书》为百篇，每篇有序，说明作意。这却缺乏可信的证据。孔子教学生的典籍里有《书》，倒是真的。那时代的《书》是个甚么样子，已经无从知道。"书"原是"纪录"的意思[2]；大约那所谓"书"只是指当时留存着的一些古代的档案而言；

---

1  《说文·言部》："谟，议谋也。"

2  《说文·书部》："书，著也。"

那些档案恐怕还是一件件的，并未结集成书。成书也许是在汉人手里。那时候这些档案留存着的更少了，也更古了，更稀罕了；汉人便将它们编辑起来，改称《尚书》。"尚"，"上"也；《尚书》据说就是"上古帝王的书"[1]。"书"上加一"尚"字，无疑的是表示着尊信的意味。至于《书》称为"经"，始于《荀子》[2]；不过也是到汉代才普遍罢了。

儒家所传的"五经"中，《尚书》残缺最多，因而问题也最多。秦始皇烧天下诗书及诸侯史记，并禁止民间私藏一切书。到汉惠帝时，才开了书禁；文帝接着更鼓励人民献书。书才渐渐见得着了。那时传《尚书》的只有一个济南伏生[3]。伏生本是秦博士。始皇下诏烧诗书的时候，他将《书》藏在墙壁里。后来兵乱，他流亡在外。汉定天下，才回家；检查所藏的《书》，已失去数十篇，剩下的只二十九篇了。他就守着这一些，私自教授于齐鲁之间。文帝知道了他的名字，想召他入朝。那时他已九十多岁，不能远行到京师去。文帝便派掌故官晁错来从他学。伏

---

1　《论衡·正说篇》。

2　《劝学篇》。

3　裴骃《史记集解》引张晏曰："伏生名胜，《伏氏碑》云。"

生私人的教授，加上朝廷的提倡，使《尚书》流传开去。伏生所藏的本子是用"古文"写的，还是用秦篆写的，不得而知；他的学生却只用当时的隶书钞录流布。这就是东汉以来所谓《今尚书》或《今文尚书》。汉武帝提倡儒学，立"五经"博士；宣帝时每经又都分家数立官，共立了十四博士。每一博士各有弟子员若干人。每家有所谓"师法"或"家法"，从学者必须严守。这时候经学已成利禄的途径，治经学的自然就多起来了。《尚书》也立下欧阳（和伯）、大小夏侯（夏侯胜、夏侯建）三博士，却都是伏生一派分出来的。当时去伏生已久，传经的儒者为使人尊信的缘故，竟有硬说《尚书》完整无缺的。他们说，二十九篇是取法天象的，一座北斗星加上二十八宿，不正是二十九吗[1]！这二十九篇，东汉经学大师马融、郑玄都给作过注；可是那些注现在差不多亡佚干净了。

汉景帝时，鲁恭王为了扩展自己的宫殿，去拆毁孔子的旧宅，在墙壁里得着"古文"经传数十篇，其中有《书》。这些经传都是用"古文"写的；所谓"古文"，其实只是晚周民间

---

1　《论衡·正说篇》。

别体字。那时恭王肃然起敬，不敢再拆房子，并且将些书都交还孔家的主人孔子的后人叫孔安国的。安国加以整理，发见其中的《书》比通行本多出十六篇；这称为《古文尚书》。武帝时，安国将这部书献上去。因为语言和字体的两重困难，一时竟无人能通读那些"逸书"，所以便一直压在皇家图书馆里。成帝时，刘向、刘歆父子先后领校皇家藏书。刘向开始用《古文尚书》校勘今文本子，校出今文脱简及异文各若干。哀帝时，刘歆想将《左氏春秋》、《毛诗》、《逸礼》及《古文尚书》立博士；这些都是所谓"古文"经典。当时的"五经"博士不以为然，刘歆写了长信和他们争辩[1]。这便是后来所谓今古文之争。

今古文之争是西汉经学一大史迹。所争的虽然只在几种经书，他们却以为关系孔子之道即古代圣帝明王之道甚大。"道"其实也是幌子，骨子里所争的还在禄位与声势；当时今古文派在这一点上是一致的。不过两派的学风确也有不同处。大致今文派继承先秦诸子的风气，"思以其道易天下"[2]，所以主张通经致用。他们解经，只重微言大义；而所谓微言大义，其实

---

1　《汉书》本传。
2　语见章学诚《文史通义·言公上》。

只是他们自己的历史哲学和政治哲学。古文派不重哲学而重历史，他们要负起保存和传布文献的责任；所留心的是在章句、训诂、典礼、名物之间。他们各得了孔子的一端，各有偏畸的地方。到了东汉，书籍流传渐多，民间私学日盛。私学压倒了官学，古文经学压倒了今文经学；学者也以兼通为贵，不再专主一家。但是这时候"古文"经典中《逸礼》即《礼》古经已经亡佚，《尚书》之学，也不昌盛。

东汉初，杜林曾在西州（今新疆境）得漆书《古文尚书》一卷，非常宝爱，流离兵乱中，老是随身带着。他是怕"《古文尚书》学"会绝传，所以这般珍惜。当时经师贾逵、马融、郑玄都给那一卷《古文尚书》作注，从此《古文尚书》才显于世[1]。原来"《古文尚书》学"直到贾逵才真正开始；从前是没有甚么师说的。而杜林所得只一卷，决不如孔壁所出的多，学者竟爱重到那般地步。大约孔安国献的那部《古文尚书》，一直埋没在皇家图书馆里，民间也始终没有盛行，经过西汉末年的兵乱，便无声无臭地亡佚了罢。杜林的那一卷，虽经诸大师作注，却也没传

---

1　《后汉书·杨伦传》。

到后世；这许又是三国兵乱的缘故。《古文尚书》的运气真够坏的，不但没有能够露头角，还一而再地遭到了些冒名顶替的事儿。这在西汉就有。汉成帝时，因孔安国所献的《古文尚书》无人通晓，下诏征求能够通晓的人。东莱有个张霸，不知孔壁的书还在，便根据《书序》，将伏生二十九篇分为数十，作为中段，又采《左氏传》及《书序》所说，补作首尾，共成《古文尚书百二篇》。每篇都很简短，文意又浅陋。他将这伪书献上去。成帝教用皇家图书馆藏着的孔壁《尚书》对看，满不是的。成帝便将张霸下在狱里，却还存着他的书，并且听它流传世间。后来张霸的再传弟子樊并谋反，朝廷才将那书毁废；这第一部伪《古文尚书》就从此失传了。

到了三国末年，魏国出了个王肃，是个博学而有野心的人。他伪作了《孔子家语》、《孔丛子》[1]，又伪作了一部孔安国的《古文尚书》，还带着孔安国的传。他是个聪明人，伪造这部《古文尚书》孔传，是很费了心思的。他采集群籍中所引"逸书"，以及历代嘉言，改头换面，巧为联缀，成功了这部书。

---

1　《家语》托名孔安国，《孔丛子》托名孔鲋。

他是参照汉儒的成法，先将伏生二十九篇分割为三十三篇，另增多二十五篇，共五十八篇[1]，以合于东汉儒者如桓谭、班固所记的《古文尚书》篇数。所增各篇，用力阐明儒家的"德治主义"，满纸都是仁义道德的格言。这是汉武帝罢黜百家、专崇儒学以来的正统思想，所谓大经大法，足以取信于人。只看宋以来儒者所口诵心维的"十六字心传"[2]，正在他伪作的《大禹谟》里，便见出这部伪书影响之大。其实《尚书》里的主要思想，该是"鬼治主义"，像《盘庚》等篇所表现的。"原来西周以前，君主即教主，可以为所欲为，不受甚么政治道德的拘束。逢到臣民不听话的时候，只要抬出上帝和先祖来，自然一切解决。"这叫做"鬼治主义"。"西周以后，因疆域的开拓，交通的便利，富力的增加，文化大开。自孔子以至荀卿、韩非，他们的政治学说都建筑在人性上面。尤其是儒家，把人性扩张得极大。他们觉得政治的良好只在诚信的感应；只要君主的道德好，臣民自然风从，用不到威力和鬼神的压迫。"这

---

1　桓谭《新论》作五十八，《汉书·艺文志》自注作五十七。

2　见真德秀《大学衍义》。所谓十六字是："人心惟危，道心惟微，惟精惟一，允执厥中。"在伪《大禹谟》里，是舜对禹的话。

叫做"德治主义"[1]。看古代的档案，包含着"鬼治主义"思想的，自然比包含着"德治主义"思想的可信得多。但是王肃的时代早已是"德治主义"的时代；他的伪书所以专从这里下手。他果然成功了。只是词旨坦明，毫无诘屈聱牙之处，却不免露出了马脚。

晋武帝时候，孔安国的《古文尚书》曾立过博士[2]；这《古文尚书》大概就是王肃伪造的。王肃是武帝的外祖父，当时即使有怀疑的人，也不敢说话。可是后来经过怀帝永嘉之乱，这部伪书也散失了，知道的人很少。东晋元帝时，豫章内史梅赜发现了它，便拿来献到朝廷上去。这时候伪《古文尚书》孔传便和马、郑注的《尚书》并行起来了。大约北方的学者还是信马、郑的多，南方的学者才是信伪孔的多。等到隋统一了天下，南学压倒了北学，马、郑《尚书》，习者渐少。唐太宗时，因章句繁杂，诏令孔颖达等编撰《五经正义》；高宗永徽四年（西元六五三），颁行天下，考试必用此本。《正义》成了标准的官书，经学从此大统一。那《尚书正义》便用的伪《古文尚书》

---

1　以上引顾颉刚《盘庚中篇今译》（《古史辨》第二册）。
2　《晋书·荀崧传》。

孔传。伪孔定于一尊，马、郑便更没人理睬了；日子一久，自然就残缺了，宋以来差不多就算亡了。伪《古文尚书》孔传如此这般冒名顶替了一千年，直到清初的时候。

这一千年中间，却也有怀疑伪《古文尚书》孔传的人。南宋的吴棫首先发难。他有《书稗传》十三卷[1]，可惜不传了。朱子因孔安国的"古文"字句皆完整，又平顺易读，也觉得可疑[2]。但是他们似乎都还没有去找出确切的证据。至少朱子还不免疑信参半；他还采取伪《大禹谟》里"人心""道心"的话解释"四书"，建立道统呢。元代的吴澄才断然地将伏生今文从伪古文分出；他的《尚书纂言》只注解今文，将伪古文除外。明代梅鷟著《尚书考异》，更力排伪孔，并找出了相当的证据。但是严密钩稽决疑定谳的人，还得等待清代的学者。这里该提出三个可尊敬的名字。第一是清初的阎若璩，著《古文尚书疏证》。第二是惠栋，著《古文尚书考》，两书辨析详明，证据确凿，教伪孔体无完肤，真相毕露。但将作伪的罪名加在梅赜头上，还不免未达一间。第三是清中叶的丁晏，著《尚书余论》，

---

1　陈振孙《直斋书录解题》四。

2　见《朱子语类》七十八。

才将真正的罪人王肃指出。千年公案，从此可以定论。这以后等着动手的，便是搜辑汉人的伏生《尚书》说和马、郑注。这方面努力的不少，成绩也斐然可观；不过所能做到的，也只是抱残守缺的工作罢了。伏生《尚书》从千年迷雾中重露出真面目，清代诸大师的劳绩是不朽的。但二十九篇固是真本，其中也还该分别地看。照近人的意见，《周书》大都是当时史官所记，只有一二篇像是战国时人托古之作。《商书》究竟是当时史官所记，还是周史官追记，尚在然疑之间。《虞书》《夏书》大约多是战国末年人托古之作，只《甘誓》那一篇许是后代史官追记的。这么着，《今文尚书》里便也有了真伪之分了。

**参考资料：**

王先谦《尚书孔传参正·序例》及卷三十六《伪孔安国序》 ｜ 顾颉刚《论＜今文尚书＞著作时代书》（《古史辨》第一册）

第四

《诗经》

诗的源头是歌谣。上古时候，没有文字，只有唱的歌谣，没有写的诗。一个人高兴的时候或悲哀的时候，常愿意将自己的心情诉说出来，给别人或自己听。日常的言语不够劲儿，便用歌唱；一唱三叹得叫别人回肠荡气。唱叹再不够的话，便手也舞起来了，脚也蹈起来了，反正要将劲儿使到了家。碰到节日，大家聚在一起酬神作乐，唱歌的机会更多。或一唱众和，或彼此竞胜。传说葛天氏的乐八章，三个人唱，拿着牛尾，踏着脚[1]，似乎就是描写这种光景的。歌谣越唱越多，虽没有书，却存在人的记忆里。有了现成的歌儿，就可借他人酒杯，浇自己块垒；随时拣一支合式的唱唱，也足可消愁解闷。若没有完全合式的，尽可删一些改一些，到称意为止。流行的歌谣中往往不同的词

---

1  《吕氏春秋·古乐篇》。

句并行不悖，就是为此。可也有经过众人修饰，成为定本的。歌谣真可说是"一人的机锋，多人的智慧"[1]了。

歌谣可分为徒歌和乐歌。徒歌是随口唱，乐歌是随着乐器唱。徒歌也有节奏，手舞脚蹈便是帮助节奏的；可是乐歌的节奏更规律化些。乐器在中国似乎早就有了，《礼记》里说的土鼓、土槌儿、芦管儿[2]，也许是我们乐器的老祖宗。到了《诗经》时代，有了琴瑟钟鼓，已是洋洋大观了。歌谣的节奏最主要的靠重叠或叫复沓；本来歌谣以表情为主，只要翻来覆去将情表到了家就成，用不着费话。重叠可以说原是歌谣的生命，节奏也便建立在这上头。字数的均齐，韵脚的调协，似乎是后来发展出来的。有了这些，重叠才在诗歌里失去主要的地位。

有了文字以后，才有人将那些歌谣记录下来，便是最初的写的诗了。但记录的人似乎并不是因为欣赏的缘故，更不是因为研究的缘故。他们大概是些乐工，乐工的职务是奏乐和唱歌；唱歌得有词儿，一面是口头传授，一面也就有了唱本儿。歌谣

---

1　英美吉特生《英国民歌论说》。译文据周作人《自己的园地·歌谣章》。
2　"土鼓""土槌儿"（蒉桴）见《礼运》和《明堂位》，"芦管儿"（苇籥）见《明堂位》。

便是这么写下来的。我们知道春秋时的乐工就和后世阔人家的戏班子一样，老板叫作太师。那时各国都养着一班乐工，各国使臣来往，宴会时都得奏乐唱歌。太师们不但得搜集本国乐歌，还得搜集别国乐歌；不但搜集乐词，还得搜集乐谱。那时的社会有贵族与平民两级。太师们是伺候贵族的，所搜集的歌儿自然得合贵族们的口味；平民的作品是不会入选的。他们搜得的歌谣，有些是乐歌，有些是徒歌。徒歌得合乐才好用。合乐的时候，往往得增加重叠的字句或章节，便不能保存歌词的原来样子。除了这种搜集的歌谣以外，太师们所保存的还有贵族们为了特种事情，如祭祖、宴客、房屋落成、出兵、打猎等等作的诗。这些可以说是典礼的诗。又有讽谏、颂美等等的献诗；献诗是臣下作了献给君上，准备让乐工唱给君上听的,可以说是政治的诗。太师们保存下这些唱本儿，带着乐谱，唱词儿共有三百多篇，当时通称作《诗三百》。到了战国时代，贵族渐渐衰落，平民渐渐抬头，新乐代替了古乐，职业的乐工纷纷散走。乐谱就此亡佚。但是还有三百来篇唱词儿流传下来，便是后来的《诗经》了[1]。

---

1　今《诗经》共三百十一篇,其中六篇有目无诗,实存三百零五篇。

"诗言志"是一句古话；"诗"（詩）这个字就是"言""志"两个字合成的。但古代所谓"言志"和现在所谓"抒情"并不一样；那"志"总是关联着政治或教化的。春秋时通行赋诗。在外交的宴会里，各国使臣往往得点一篇诗或几篇诗叫乐工唱。这很像现在的请客点戏，不同处是所点的诗句必加上政治的意味。这可以表示这国对那国或这人对那人的愿望、感谢、责难等等，都从诗篇里断章取义。断章取义是不管上下文的意义，只将一意中一两句拉出来，就当前的环境，作政治的暗示。如《左传·襄公二十七年》，郑伯宴晋使赵孟于垂陇，赵孟请大家赋诗，他想看看大家的"志"。子太叔赋的是《野有蔓草》。原诗首章云："野有蔓草，零露漙兮。有美一人，清扬婉兮。邂逅相遇，适我愿兮。"子太叔只取末两句，借以表示郑国欢迎赵孟的意思；上文他就不管。全诗原是男女私情之作，他更不管了。可是这样办正是"诗言志"；在那回宴会里，赵孟就和子太叔说了"诗以言志"这句话。

　　到了孔子时代，赋诗的事已经不行了，孔子却采取了断章取义的办法，用《诗》来讨论做学问做人的道理。"如切如磋，如琢如磨"[1]，本来说的是治玉，将玉比人。他却用来教训学生做学问的工夫[2]。"巧笑倩兮，美目盼兮，素以为绚兮"[3]，本来说的是美人，所谓天生丽质。他却拉出末句来比方作画，说先有白底子，才会有画，是一步步进展的；作画还是比方，他说的是文化，人先是朴野的，后来才进展了文化——文化必须修养而得，并不是与生俱来的[4]。他如此解诗，所以说"思无邪"一句话可以包括《诗三百》的道理[5]；又说诗可以鼓舞人，联合人，增加阅历，发泄牢骚，事父事君的道理都在里面[6]。孔子以后，《诗三百》成为儒家的"六经"之一，《庄子》和《荀子》里都说到"诗言志"，那个"志"便指教化而言。

但春秋时列国的赋诗只是用诗，并非解诗；那时诗的主要作用还在乐歌，因乐歌而加以借用，不过是一种方便罢了。至

---

1　《卫风·淇奥》的句子。

2　《论语·学而》

3　"巧笑倩兮，美目盼兮。"《卫风·硕人》的句子："素以为绚兮"一句今已佚。

4　《论语·八佾》。

5　"思无邪"，《鲁颂·駉》的句子；"思"是语词，无义。

6　《论语·阳货》。

于诗篇本来的意义，那时原很明白，用不着讨论。到了孔子时代，诗已经不常歌唱了，诗篇本来的意义，经过了多年的借用，也渐渐含糊了。他就按着借用的办法，根据他教授学生的需要，断章取义地来解释那些诗篇。后来解释《诗经》的儒生都跟着他的脚步走。最有权威的毛氏《诗传》和郑玄《诗笺》差不多全是断章取义，甚至断句取义——断句取义是在一句两句里拉出一个两个字来发挥，比起断章取义，真是变本加厉了。

毛氏有两个人：一个毛亨，汉时鲁国人，人称为大毛公；一个毛苌，赵国人，人称为小毛公；是大毛公创始《诗经》的注解，传给小毛公，在小毛公手里完成的。郑玄是东汉人，他是专给《毛传》作《笺》的，有时也采取别家的解说；不过别家的解说在原则上也还和毛氏一鼻孔出气。他们都是以史证诗。他们接受了孔子"无邪"的见解，又摘取了孟子的"知人论世"[1]的见解，以为用孔子的诗的哲学，别裁古代的史说，拿来证明那些诗篇是什么时代作的，为什么事作的，便是孟子所谓"以意逆志"[2]。其实孟子所谓"以意逆志"倒是说要看全篇大意，

---

1/2　见《孟子·万章》。

不可拘泥在字句上，与他们不同。他们这样猜出来的作诗人的志，自然不会与作诗人相合；但那种志倒是关联着政治教化而与"诗言志"一语相合的。这样的以史证诗的思想，最先具体地表现在《诗序》里。

《诗序》有《大序》、《小序》。《大序》好像总论，托名子夏，说不定是谁作的。《小序》每篇一条，大约是大小毛公作的。以史证诗，似乎是《小序》的专门任务；传里虽也偶然提及，却总以训诂为主，不过所选取的字义，意在助成序说，无形中有个一定方向罢了。可是《小序》也还是泛说的多，确指的少。到了郑玄，才更详密地发展了这个条理。他按着《诗经》中的国别和篇次，系统地附合史料，编成了《诗谱》，差不多给每篇诗确定了时代；《笺》中也更多地发挥了作为各篇诗的背景的历史。以史证诗，在他手里算是集大成了。

《大序》说明诗的教化作用；这种作用似乎建立在风、雅、颂、赋、比、兴，所谓"六义"上。《大序》只解释了风、雅、颂。说风是风化（感化）、讽刺的意思，雅是正的意思，颂是形容盛德的意思。这都是按着教化作用解释的。照近人的研究，这三个字大概都从音乐得名。风是各地方的乐调，《国风》便是各国土乐的意思。雅就是"乌"字，似乎是描写这种乐的鸣鸣之音。雅也就是"夏"字，古代乐章叫做"夏"的很多，也许原是地名或族名。雅又分《大雅》《小雅》，大约也是乐调不同的缘故。颂就是"容"字，容就是"样子"；这种乐连歌带舞，舞就有种种样子了。风、雅、颂之外，其实还该有个"南"。南是南音或南调，《诗经》中《周南》《召南》的诗，原是相当于现在河南、湖北一带地方的歌谣。《国风》旧有十五，分出二南，还剩十三；而其中邶、鄘两国的诗，现经考定，都是卫诗，那么只有十一《国风》[1]了。颂有《周颂》《鲁颂》《商颂》，《商颂》经考定实是《宋颂》。至于搜集的歌谣，大概是在二南、《国风》和《小雅》里。

赋、比、兴的意义，说数最多。大约这三个名字原都含有政治和教化的意味。赋本是唱诗给人听，但在《大序》里，也许是"直铺陈今之政教善恶"[2]的意思。比、兴都是《大序》所谓"主文而谲谏"；不直陈而用譬喻叫"主文"，委婉讽刺叫"谲谏"。说的人无罪；听的人却可警诫自己。《诗经》里

---

1　卫、王、郑、齐、魏、唐、秦、陈、桧、曹、豳。
2　《周礼·大师》郑玄注。

许多譬喻就在比、兴的看法下，断章断句地硬派作政教的意义了。比、兴都是政教的譬喻，但在诗篇发端的叫做兴。《毛传》只在有兴的地方标出，不标赋、比；想来赋义是易见的，比、兴虽都是曲折成义，但兴在发端，往往关系全诗，比较更重要些，所以便特别标出了。《毛传》标出的兴诗，共一百十六篇，《国风》中最多，《小雅》第二；按现在说，这两部分搜集的歌谣多，所以譬喻的句子也便多了。

**参考资料：**
顾颉刚《诗经在春秋战国间的地位》（《古史辨》第三册下）｜顾颉刚《论诗经所录全为乐歌》（同上）｜朱自清《言志说》（《语言与文学》）｜朱自清《赋比兴说》（《清华学报》十二卷三期）

第五

三礼

许多人家的中堂里，供奉着"天地君亲师"[1]的大牌位。天地代表生命的本源。亲是祖先的意思，祖先是家族的本源。君师是政教的本源。人情不能忘本，所以供奉着这些。荀子只称这些为礼的三本[2]；大概是到了后世才宗教化了的。荀子是儒家大师。儒家所称道的礼，包括政治制度、宗教仪式、社会风俗习惯等等，却都加以合理的说明。从那"三本说"，可以知道儒家有拿礼来包罗万象的野心，他们认礼为治乱的根本；这种思想可以叫作礼治主义。

　　怎样叫作礼治呢？儒家说初有人的时候，各人有各人的欲望，各人都要满足自己的欲望；没有界限，没有分际，大家

---

1　"天地君亲师"，是中国儒家祭祀的对象，即：天、地、君、亲、师。多设一"天地君亲师"牌位或条幅供奉于中堂。
2　《礼论篇》。

就争起来了。你争我争，社会就乱起来了。那时的君师们看了这种情形，就渐渐给定出礼来，让大家按着贵贱的等级，长幼的次序，各人得着自己该得的一份儿吃的、喝的、穿的、住的，各人也做着自己该做的一份儿工作。各等人有各等人的界限和分际；若是只顾自己，不管别人，任性儿贪多务得，偷懒图快活，这种人就得受严厉的制裁，有时候保不住性命。这种礼，教人节制，教人和平，建立起社会的秩序，可以说是政治制度。

天生万物，是个很古的信仰。这个天是个能视能听的上帝，管生杀，管赏罚，在地上的代表，便是天子。天子祭天，和子孙祭祖先一样。地生万物是个事实。人都靠着地里长的活着，地里长的不够了，便闹饥荒；地的力量自然也引起了信仰。天子诸侯祭社稷，祭山川，都是这个来由。最普遍的还是祖先的信仰。直到我们的时代，这个信仰还是很有力的。按儒家说，这些信仰都是"报本返始"[1]的意思。报本返始是庆幸生命的延续，追念本源，感恩怀德，勉力去报答的意思。但是这里面

---

1　《礼记·郊特牲》。

怕不单是怀德，还有畏威的成分。感谢和恐惧产生了种种祭典。儒家却只从感恩一面加以说明，看做礼的一部分。但这种礼教人恭敬，恭敬便是畏威的遗迹了。儒家的丧礼，最主要的如三年之丧，也建立在感恩的意味上；却因恩谊的亲疏，又定出等等差别来。这种礼，大部分可以说是宗教仪式。

居丧一面是宗教仪式，一面是普通人事。普通人事包括一切日常生活而言。日常生活都需要秩序和规矩。居丧以外，如婚姻、宴会等大事，也各有一套程序，不能随便马虎过去；这样是表示郑重，也便是表示敬意和诚心。至于对人，事君，事父母，待兄弟姊妹，待子女，以及夫妇朋友之间，也都自有一番道理。按着尊卑的分际，各守各的道理，君仁臣忠，父慈子孝，兄友弟恭，夫妇朋友互相敬爱，才算能做人；人人能做人，天下便治了。就是一个人饮食言动，也都该有个规矩，别叫旁人难过，更别侵犯着旁人，反正诸事都记得着自己的份儿。这些个规矩也是礼的一部分；有些固然含着宗教意味，但大部分可以说是风俗习惯。这些风俗习惯有一些也可以说是生活的艺术。

王道不外乎人情，礼是王道的一部分，按儒家说是通乎人情的[1]。既通乎人情，自然该诚而不伪了。但儒家所称道的礼，并不全是实际施行的。有许多只是他们的理想，这种就不一定通乎人情了。就按那些实际施行的说，每一个制度、仪式或规矩，固然都有它的需要和意义。但是社会情形变了，人的生活跟着变；人的喜怒爱恶，虽然还是喜怒爱恶，可是对象变了。那些礼的惰性却很大，并不跟着变。这就留下了许许多多遗形物，没有了需要，没有了意义；不近人情的伪礼，只会束缚人。《老子》里攻击礼，说"有了礼，忠信就差了"[2]；后世有些人攻击礼，说"礼不是为我们定的"[3]；近来大家攻击礼教，说"礼教是吃人的"。这都是指着那些个伪礼说的。

从来礼乐并称，但乐实在是礼的一部分；乐附属于礼，用来补助仪文的不足。乐包括歌和舞，是"人情之所必不免"[4]的。不但是"人情之所必不免"，而且乐声的绵延和融和也象征着天地万物的"流而不息，合同而化"[5]。这便是乐本。乐教人平心静气，互相和爱，教人联合起来，成为一整个儿。人

---

1  《礼记·乐记》。

2  《老子》三十八章。

3  阮籍语，原文见《世说新语·任诞》。

4  《荀子·乐论篇》，《礼记·乐记》。

5  《礼记·乐记》。

人能够平心静气，互相和爱，自然没有贪欲、捣乱、欺诈等事，天下就治了。乐有改善人心、移风易俗的功用，所以与政治是相通的。按儒家说，礼乐刑政，到头来只是一个道理；这四件都顺理成章了，便是王道。这四件是互为因果的。礼坏乐崩，政治一定不成；所以审乐可以知政。[1]"治世之音安以乐，其政和；乱世之音怨以怒，其政乖；亡国之音哀以思，其民困。"[2]吴公子季札到鲁国观乐，乐工奏哪一国的乐，他就知道是哪一国的；他是从乐歌里所表现的政治气象而知道的[3]。歌词就是诗；诗与礼乐也是分不开的。孔子教学生要"兴于诗，立于礼，成于乐"[4]；那时要养成一个人才，必须学习这些。这些诗、礼、乐，在那时代都是贵族社会所专有，与平民是无干的。到了战国，新声兴起，古乐衰废，听者只求悦耳，就无所谓这一套乐意。汉以来胡乐大行，那就更说不到了。

古代似乎没有关于乐的经典；只有《礼记》里的《乐记》，

---

1  《礼记·乐记》。
2  《礼记·乐记》。
3  《左传·襄公二十九年》。
4  《论语·泰伯》。

是抄录儒家的《公孙尼子》等书而成，原本已经是战国时代的东西了。关于礼，汉代学者所传习的有三种经和无数的"记"。那三种经是《仪礼》、《礼古经》、《周礼》。《礼古经》已亡佚，《仪礼》和《周礼》相传都是周公作的。但据近来的研究，这两部书实在是战国时代的产物。《仪礼》大约是当时实施的礼制，但多半只是士的礼。那些礼是很繁琐的，踵事增华的多，表示诚意的少，已经不全是通乎人情的了。《仪礼》可以说是宗教仪式和风俗习惯的混合物；《周礼》却是一套理想的政治制度。那些制度的背景可以看出是战国时代；但组成了整齐的系统，便是著书人的理想了。

"记"是儒家杂述礼制、礼制变迁的历史，或礼论之作；所述的礼制有实施的，也有理想的。又叫作《礼记》；这《礼记》是一个广泛的名称。这些"记"里包含着《礼古经》的一部分。汉代所见的"记"很多，但流传到现在的只有三十八篇《大戴记》和四十九篇《小戴记》。后世所称《礼记》，多半专指《小戴记》说。大戴是戴德；小戴是戴圣，戴德的侄儿。相传他们是这两部书的编辑人。但二戴都是西汉的《仪礼》专家。汉代有"五经"博士；凡是一家一派的经学影响大的，都可以立博士。大戴仪礼学后来立了博士，小戴本人就是博士。汉代经师的家法最严，一家的学说里绝不能掺杂别家。但现存的两部"记"里都各掺杂着非二戴的学说。所以有人说这两部书是别人假托二戴的名字纂辑的；至少是二戴原书多半亡佚，由别人拉杂凑成的，——可是成书也还在汉代。——这两部书里，《小戴记》容易些，后世诵习的人比较多些；所以差不多专占了《礼记》的名字。

---

**参考资料：**

洪业《礼记引得·序》，《礼仪引得·序》

第六 《春秋》三传

"春秋"是古代记事史书的通称。古代朝廷大事，多在春秋二季举行，所以记事的书用这个名字。各国有各国的《春秋》，但是后世都不传了。传下的只有一部《鲁春秋》，《春秋》成了它的专名，便是《春秋经》了。传说这部《春秋》是孔子作的，至少是他编的。鲁哀公十四年，鲁西有猎户打着一只从没有见过的独角怪兽，想着定是个不祥的东西，将它扔了。这个新闻传到了孔子那里，他便去看。他一看，就说："这是麟啊。为谁来的呢？干什么来的呢？唉唉！我的道不行了！"说着流下泪来，赶忙将袖子去擦，泪点儿却已滴到衣襟上。原来麟是个仁兽，是个祥瑞的东西，圣帝明王在位，天下太平，它才会来，不然是不会来的。可是那时代哪有圣帝明王？天下正乱纷纷的，麟来的真不是时候，所以让猎户打死，它算是倒了运了。

　　孔子这时已经年老，也常常觉着生的不是时候，不能行道；

他为周朝伤心，也为自己伤心。看了这只死麟，一面同情它，一面也引起自己的无限感慨。他觉得生平说了许多教；当世的人君总不信他，可见空话不能打动人。他发愿修一部《春秋》，要让人从具体的事例里，得到善恶的教训，他相信这样得来的教训比抽象的议论深切著明得多。他觉得修成了这部《春秋》，虽然不能行道，也算不白活一辈子。这便动起手来，九个月书就成功了。书起于鲁隐公，终于获麟；因获麟有感而作，所以叙到获麟绝笔，是纪念的意思。但是《左传》里所载的《春秋经》，获麟后还有，而且在记了"孔子卒"的哀公十六年后还有，据说那却是他的弟子们续修的了。

这个故事虽然够感伤的，但我们从种种方面知道，它却不是真的。《春秋》只是鲁国史官的旧文，孔子不曾掺进手去。《春秋》可是一部信史，里面所记的鲁国日食，有三十次和西方科学家所推算的相合，这决不是偶然的。不过书中残缺、零乱和后人增改的地方，都很不少。书起于隐公元年，到哀公十四年止，共二百四十二年（西元前七二二——西元前四八一）；后世称这二百四十二年为春秋时代。书中纪事按年月日，这叫做编年。编年在史学上是个大发明；这教历史系统化，并增加了它的确实性。《春秋》是我国现存的第一部编年史。书中虽用鲁国纪元，所记的却是各国的事，所以也是我们第一部通史。所记的齐桓公、晋文公的霸迹最多；后来说"尊王攘夷"是《春秋》大义，便是从这里着眼。

古代史官记事，有两种目的：一是征实，二是劝惩。像晋国董狐不怕权势，记"赵盾弑其君"，齐国太史记"崔杼弑其君"，虽杀身不悔，都为的是征实和惩恶，作后世的鉴戒。但是史文简略，劝惩的意思有时不容易看出来，因此便需要解说的人。《国语》记楚国申叔时论教太子的科目，有"春秋"一项，说"春秋"有奖善惩恶的作用，可以戒劝太子的心。孔子是第一个开门授徒，拿经典教给平民的人，《鲁春秋》也该是他的一种科目。关于劝惩的所在，他大约有许多口义传给弟子们。他死后，弟子们散在四方，就所能记忆的又教授开去。《左传》、《公羊传》、《穀梁传》，所谓《春秋》三传里，所引孔子解释和评论的话，大概就是拣的这一些。

三传特别注重《春秋》的劝惩作用；征实与否，倒在其次。按三传的看法，《春秋》大义可以从两方面说：明辨是非，分别善恶，提倡德义，从成败里见教训，这是一；夸扬霸业，推尊周室，亲爱中国，排斥夷狄，实现民族大一统的理想，这是二。前者是人君的明鉴，后者是拔乱反正的程序。这都是王道。而敬天事鬼，也包括在王道里。《春秋》里记灾，表示天罚，记鬼，表示恩仇，也还是劝惩的意思。古代记事的书常夹杂着好多的迷信和理想，《春秋》也不免如此；三传的看法，大体上是对的。但在解释经文的时候，却往往一个字一个字地咬嚼；这一咬嚼，便不顾上下文穿凿傅会起来了。《公羊》、《穀梁》，尤其如此。

这样咬嚼出来的意义就是所谓"书法"，所谓"褒贬"，也就是所谓"微言"，后世最看重这个。他们说孔子修《春秋》，"笔则笔，削则削"，"笔"是书，"削"是不书，都有大道理在内。又说一字之褒，比教你作王公还荣耀，一字之贬，比将你作罪人杀了还耻辱。本来孟子说过，"孔子成《春秋》而乱臣贼子惧"，那似乎只指概括的劝惩作用而言。等到褒贬说发展，孟子这句话倒像更坐实了。而孔子和《春秋》的权威也就更大了。后世史家推尊孔子，也推尊《春秋》，承认这种书法是天经地义；但实际上他们却并不照三传所咬嚼出来的那么穿凿傅会地办。这正和后世诗人尽管推尊《毛诗》传、笺里比兴的解释，实际上却不那样穿凿傅会地作诗一样。三传，特别是《公羊传》和《穀梁传》，和《毛诗》传、笺，在穿凿解经这件事上是一致的。

三传之中，公羊、穀梁两家全以解经为主，左氏却以叙事为主。公、穀以解经为主，所以咬嚼得更利害些。战国末期，专门解释《春秋》的有许多家，公、穀较晚出而仅存。这两家固然有许多彼此相异之处，但渊源似乎是相同的；他们所引别家的解说也有些是一样的。这两种《春秋》经传经过秦火，多有残缺的地方；到汉景帝、武帝时候，才有经师重加整理，传授给人。公羊、穀梁只是家派的名称，仅存姓氏，名字已不可知。至于他们解经的宗旨，已见上文；《春秋》本是儒家传授的经典，解说的人，自然也离不了儒家，在这一点上，三传是大同小异的。

《左传》这部书，汉代传为鲁国左丘明所作。这个左丘明，有的说是"鲁君子"，有的说是孔子的朋友，后世又有说是鲁国的史官的。这部书历来讨论的最多。汉时有"五经"博士。凡解说"五经"自成一家之学的，都可立为博士。立了博士，便是官学；那派经师便可做官受禄。当时《春秋》立了公、穀二传的博士。《左传》流传得晚些，古文派经师也给它争立博士。今文派却说这部书不得孔子《春秋》的真传，不如公、穀两家。后来虽一度立了博士，可是不久还是废了。倒是民间传习的渐多，终于大行！原来是公、穀不免空谈，《左传》却是一部仅存的古代编年通史（残缺又少），用处自然大得多。《左传》以外，还有一部分国记载的《国语》，汉代也认为左丘明所作，称为《春秋外传》。后世学者怀疑这一说的很多。据近人的研究，《国语》重在"语"，记事颇简略，大约出于另一著者的手，而为《左传》著者的重要史料之一。这书的说教，也不外尚德、尊天、敬神、爱民，和《左传》是很相近的，只不知著者是谁。其实《左传》著者我们也不知道。说是左丘明，但矛盾太多，不能教人相信。《左传》成书的时代大概在战国，比公、穀二传早些。

《左传》这部书大体依《春秋》而作；参考群籍，详述史事，征引孔子和别的"君子"解经评史的言论，吟味书法，自成一家言。但迷信卜筮，所记祸福的预言，几乎无不应验；这却大大违背了征实的精神，而和儒家的宗旨也不合了。晋范宁作《穀梁传序》说，"左氏艳而富，其失也巫"；"艳"是文章美，"富"是材料多，"巫"是多叙鬼神，预言祸福。这是句公平话。注《左传》的，汉代就不少，但那些许多已散失，现存的只有晋杜预注，算是最古了。

杜预作《春秋序》，论到《左传》，说"其文缓，其旨远"；"缓"是委婉，"远"是含蓄。这不但是好史笔，也是好文笔。所以《左传》不但是史学的权威，也是文学的权威。《左传》的文学本领，表现在记述辞令和描写战争上。春秋列国，盟会颇繁，使臣会说话不会说话，不但关系荣辱，并且关系利害，出入很大，所以极重辞令。《左传》所记当时君臣的话，从容委曲，意味深长。只是平心静气地说，紧要关头却不放松一步；真所谓恰到好处。这固然是当时风气如此，但不经《左传》著者的润饰工夫，也决不会那样在纸上活跃的。战争是个复杂的程序，叙得头头是道，已经不易，叙得有声有色，更难；这差不多全靠忙中有闲，透着优游不迫神儿，才成。这却正是《左传》著者所擅长的。

**参考资料：**

洪业《春秋传引得·序》

第七

四书

"四书五经"到现在还是我们口头上一句熟语。"五经"是《易》、《书》、《诗》、《礼》、《春秋》；"四书"按照普通的顺序是《大学》、《中庸》、《论语》、《孟子》，前二者又简称《学》、《庸》，后二者又简称《论》、《孟》；有了简称，可见这些书是用得很熟的。本来呢，从前私熟里，学生入学，是从"四书"读起的。这是那些时代的小学教科书，而且是统一的标准的小学教科书，因为没有不用的。那时先生不讲解，只让学生背诵，不但得背正文，而且得背朱熹的小注。只要囫囵吞枣地念，囫囵吞枣地背；不懂不要紧，将来用得着，自然会懂的。怎么说将来用得着？那些时候行科举制度。科举是一种竞争的考试制度，考试的主要科目是八股文，题目都出在"四书"里，而且是朱注的"四书"里。科举分几级，考中的得着种种出身或资格，凭着这种资格可以建功立业，也可以升官发财；作好作歹，都得先弄个资格到手。科举几乎是当时读书人唯一的出路。每个学生都先读"四书"，而且读的是朱注，便是这个缘故。

将朱注"四书"定为科举用书，是从元仁宗皇庆二年（西元一三一三）起的。规定这四种书，自然因为这些书本身重要，有人人必读的价值；规定朱注，也因为朱注发明书义比旧注好些，切用些。这四种书原来并不在一起，《学》、《庸》都在《礼记》里，《论》、《孟》是单行的。这些书原来只算是诸子书，朱子原来也只称为"四子"；但《礼记》、《论》、《孟》在汉代都立过博士，已经都升到经里去了。后来唐代的"九经"里虽然只有《礼记》，宋代的"十三经"却又将《论》、《孟》收了进去[1]。《中庸》很早就被人单独注意，汉代已有关于《中庸》的著作，六朝时也有，可惜都不传了[2]。关于《大学》的著作却直到司马光的《大学通义》才开始，这部书也不传了。这些著作并不曾教《学》、《庸》普及，教《学》、《庸》和《论》、

1　"九经"：《易》，《书》，《诗》，"三礼"，《春秋》三传。"十三经"：《易》，《书》，《诗》，"三礼"，《春秋》三传，《论语》，《孝经》，《尔雅》，《孟子》。
2　《汉书·艺文志》有《中庸说》二篇，《隋书·经籍志》有戴颙《中庸传》二卷，梁武帝《中庸讲疏》一卷。

《孟》同样普及的是朱子的注，"四书"也是他编在一起的，"四书"的名字也因他而有。

但最初用力提倡这几种书的是程颢、程颐兄弟。他们说："《大学》是孔门的遗书，是初学者入德的门径。只有从这部书里，还可以知道古人做学问的程序。从《论》、《孟》里虽也可看出一些，但不如这部书的分明易晓。学者必须从这部书入手，才不会走错了路。"[1]这里没提到中庸。可是他们是很推尊《中庸》的。他们在另一处说："'不偏'叫做'中'，'不易'叫做'庸'；'中'是天下的正道，'庸'是天下的定理。《中庸》是孔门传授心法的书，是子思记下来传给孟子的。书中所述的人生哲理，意味深长；会读书的细加玩赏，自然能心领神悟终身受用不尽。"[2]这四种书到了朱子手里才打成一片。他接受二程的见解，加以系统地说明，四种书便贯串起来了。

他说，古来有小学大学。小学里教洒扫进退的规矩，和礼、乐、射、御、书、数，所谓"六艺"的。大学里教穷理、正心、修己、治人的道理。所教的都切于民生日用，都是实学。《大学》

---

1　原文见《大学章句》卷头。
2　原文见《中庸章句》卷头。

这部书便是古来大学里教学生的方法，规模大，节目详；而所谓"格物、致知、诚意、正心、修身、齐家、治国、平天下"，是循序渐进的。程子说是"初学者入德的门径"，就是为此。这部书里的道理，并不是为一时一事说的，是为天下后世说的。这是"垂世立教的大典"[1]，所以程子举为初学者的第一部书。《论》、《孟》虽然也切实，却是"应机接物的微言"[2]，问的不是一个人，记的也不是一个人。浅深先后，次序既不分明，抑扬可否，用意也不一样，初学者领会较难。所以程子放在第二步。至于《中庸》，是孔门的心法，初学者领会更难，程子所以另论。

但朱子的意思，有了《大学》的提纲挈领，便能领会《论》、《孟》里精微的分别去处；融贯了《论》、《孟》的旨趣，也便能领会《中庸》里的心法。人有人心和道心；人心是私欲，道心是天理。人该修养道心，克制人心，这是心法。朱子的意思，不领会《中庸》里的心法，是不能从大处着眼，读天下的书，论天下的事的。他所以将《中庸》放在第三步，和《大学》《论》、《孟》合为"四书"，作为初学者的基础教本。后来

---

1　原文见《中庸章句》卷头。
2　朱子《大学或问》卷一。

规定"四书"为科举用书，原也根据这番意思。不过朱子教人读"四书"，为的成人；后来人读"四书"，却重在猎取功名；这是不合于他提倡的本心的。至于顺序变为《学》、《庸》、《论》、《孟》，那是书贾因为《学》、《庸》篇页不多，合为一本的缘故；通行既久，居然约定俗成了。

《礼记》里的《大学》，本是一篇东西，朱子给分成经一章，传十章；传是解释经的。因为要使传合经，他又颠倒了原文的次序，并补上一段儿。他注《中庸》时，虽没有这样大的改变，可是所分的章节，也与郑玄注的不同。所以这两部书的注，称为《大学章句》、《中庸章句》。《论》、《孟》的注，却是融合各家而成，所以称为《论语集注》、《孟子集注》。《大学》的经一章，朱子想着是曾子追述孔子的话；传十章，他相信是曾子的意思，由弟子们记下的。《中庸》的著者，朱子和程子一样，都接受《史记》的记载，认为是子思[1]。但关于书名的解释，他修正了一些。他说，"中"除"不偏"外，还有"无过无不及"的意思；"庸"解作"不易"，不如解作"平常"的好[2]。

1　《孔子世家》。
2　《中庸或问》卷一。

照近人的研究，《大学》的思想和文字，很有和荀子相同的地方，大概是荀子学派的著作。《中庸》，首尾和中段思想不一贯，从前就有人疑心。照近来的看法，这部书的中段也许是子思原著的一部分，发扬孔子的学说，如"时中""忠恕""知仁勇""五伦"等。首尾呢，怕是另一关于《中庸》的著作，经后人混合起来的；这里发扬的是孟子的天人相通的哲理，所谓"至诚""尽性"，都是的。著者大约是一个孟子学派。

《论语》是孔子弟子们记的。这部书不但显示一个伟大的人格——孔子，并且让读者学习许多做学问做人的节目：如"君子""仁""忠恕"，如"时习""阙疑""好古""隅反""择善""困学"等，都是可以终身应用的。《孟子》据说是孟子本人和弟子公孙丑、万章等共同编定的。书中说"仁"兼说"义"，分辩"义""利"甚严，而辩"性善"，教人求"放心"，影响更大。又说到"养浩然之气"，那"至大至刚""配义与道"的"浩然之气"[1]，这是修养的最高境界，所谓天人相通的哲理。书中攻击杨朱、墨翟两派，辞锋咄咄逼人。这在儒家叫做攻异端，

---

1　《公孙丑》。

功劳是很大的。孟子生在战国时代，他不免"好辩"，他自己也觉得的[1]；他的话流露着"英气"，"有圭角"，和孔子的温润是不同的。所以儒家只称"亚圣"，次于孔子一等[2]。《孟子》有东汉的赵岐注。《论语》有孔安国、马融、郑玄诸家注，却都已残佚，只零星地见于魏何晏的《集解》里。汉儒注经，多以训诂名物为重，但《论》、《孟》词意显明，所以只解释文句，推阐义理而止。魏晋以来，玄谈大盛，孔子已经道家化；解《论语》的也多参入玄谈，参入当时的道家哲学。这些后来却都不流行了。到了朱子，给《论》、《孟》作注，虽说融会各家，其实也用他自己的哲学作架子。他注《学》、《庸》，更显然如此。他的哲学切于世用，所以一般人接受了，将他解释的孔子当作真的孔子。

他那一套"四书"注实在用尽了平生的力量，改定至再至三；直到临死的时候，他还在改定《大学·诚意章》的注。注以外又作了《四书或问》，发扬注义，并论述对于旧说的或取或舍的理由。他在"四书"上这样下工夫，一面固然为了诱导初学

---

1　《滕文公》。
2　《孟子集注·序》说引程子说。

者，一面还有一个用意，便是排斥老、佛，建立道统。他在《中庸章句·序》里论到诸圣道统的传承，末尾自谦说，"于道统之传，不敢妄议"；其实他是隐隐在以传道统自期呢。《中庸》传授心法，正是道统的根本。将它加在《大学》、《论》、《孟》之后而成"四书"，朱子自己虽然说是给初学者打基础，但一大半恐怕还是为了建立道统，不过他自己不好说出罢了。他注"四书"在宋孝宗淳熙年间（西元一一七四——一一八九）。他死后朝廷将他的"四书"注审定为官书，从此盛行起来。他果然成了传儒家道统的大师了。

第八　《战国策》

春秋末年，列国大臣的势力渐渐膨胀起来。这些大臣都是世袭的，他们一代一代聚财养众，明争暗夺了君主的权力，建立起自己的特殊地位。等到机会成熟，便跳起来打倒君主自己干。那时候各国差不多都起了内乱。晋国让韩、魏、赵三家分了，姓姜的齐国也让姓田的大夫占了。这些，周天子只得承认了。这是封建制度崩坏的开始。那时候周室也经过了内乱，土地大半让邻国抢去，剩下的又分为东西周；东西周各有君王，彼此还争争吵吵的。这两位君王早已失去春秋时代"共主"的地位，而和列国诸侯相等了。后来列国纷纷称王，周室更不算回事；他们至多能和宋、鲁等小国君主等量齐观罢了。

　　秦、楚两国也经过内乱，可是站住了。它们本是边远的国家，却渐渐伸张势力到中原来。内乱平后，大加整顿，努力图强，声威便更广了。还有极北的燕国，向来和中原国家少来往；

这时候也有力量向南参加国际政治了。秦、楚、燕和新兴的韩、魏、赵、齐，是那时代的大国，称为"七雄"。那些小国呢，从前可以仰仗霸主的保护，作大国的附庸；现在可不成了，只好让人家吞的吞，并的并，算只留下宋、鲁等两三国，给七雄当缓冲地带。封建制度既然在崩坏中，七雄便各成一单位，各自争存，各自争强，国际政局比春秋时代紧张多了。战争也比从前严重多了。列国都在自己边界上修起长城来。这时候军器进步了；从前的兵器都用铜打成，现在有用铁打成的了。战术也进步了。攻守的方法都比从前精明；从前只有兵车和步卒，现在却发展了骑兵了。这时候还有帮人家作战为职业的人。这时候的战争，杀伤是很多的。孟子说："争地以战，杀人盈野；争城以战，杀人盈城。"[1] 可见那凶惨的情形。后人因此称这时代为战国时代。

在长期混乱之后，贵族有的做了国君，有的渐渐衰灭。这个阶级算是随着封建制度崩坏了。那时候的国君，没有了世袭的大臣，便集权专制起来。辅助他们的是一些出身贵贱不同的

---

1　《离娄》。

士人。那时候君主和大臣都竭力招揽有技能的人，甚至学鸡鸣学狗盗的也都收留着。这是所谓"好客""好士"的风气。其中最高的是说客，是游说之士。当时国际关系紧张，战争随时可起。战争到底是劳民伤财的，况且难得有把握；重要的还是作外交的工夫。外交办得好，只凭口舌排难解纷，可以免去战祸；就是不得不战，也可以多找一些他国，一些帮手。担负这种外交的人，便是那些策士，那些游说之士。游说之士既然这般重要，所以立谈可以取卿相；只要有计谋，会辩说就成，出身的贵贱倒是不在乎的。

七雄中的秦，从孝公用商鞅变法以后，日渐强盛。到后来成了与六国对峙的局势。这时候的游说之士，有的劝六国联合起来抗秦，有的劝六国联合起来亲秦。前一派叫"合纵"，是联合南北各国的意思，后一派叫"连横"，是联合东西各国的意思——只有秦是西方的国家。合纵派的代表是苏秦，连横派的是张仪，他们可以代表所有的战国游说之士。后世提到游说的策士，总想到这两个人，提到纵横家，也总是想到这两个人。他们都是鬼谷先生的弟子。苏秦起初也是连横派。他游说秦惠王，秦惠王老不理他；穷得要死，只好回家。妻子、嫂嫂、父母，都瞧不起他。他恨极了，用心读书，用心揣摩；夜里倦了要睡，用锥子扎大腿，血流到脚上。这样整一年，他想着成了，便出来游说六国合纵。这回他果然成功了，佩了六国相印，又有势又有钱。打家里过的时候，父母郊迎三十里，妻子低头，嫂嫂爬在地上谢罪。他叹道："人生世上，势位富贵，真是少不得的！"张仪和楚相喝酒，楚相丢了一块璧。手下人说张仪穷而无行，一定是他偷的，绑起来打了几百下。张仪始终不认，只好放了他。回家，他妻子说："唉，要不是读书游说，那会受这场气！"他不理，只说："看我舌头还在罢？"妻子笑道："舌头是在的。"他说："那就成！"后来果然做了秦国的相；苏秦死后，他也大大得意了一番。

苏秦使锥子扎腿的时候，自己发狠道："哪有游说人主不能得金玉锦绣，不能取卿相之尊的道理！"这正是战国策士的心思。他们凭他们的智谋和辩才，给人家画策，办外交；谁用他们就帮谁。他们是职业的，所图的是自己的功名富贵；帮你的时候帮你，不帮的时候也许害你。翻覆，在他们看来是没有什么的。本来呢，当时七雄分立，没有共主，没有盟主，各干各的，谁胜谁得势。国际间没有是非，爱帮谁就帮谁，反正都一样。苏秦说连横不成，就改说合纵，在策士看来，这正是当然。张仪说舌头在就行，说是说非，只要会说，这也正是职业的态度。他们自己没有理想，没有主张，只求揣摩主上的心理，拐弯儿抹角投其所好。这需要技巧，《韩非子·说难篇》专论这个。说得好固然可以取"金玉锦绣"和"卿相之尊"，说得不好也会招杀身之祸，利害所关如此之大，苏秦费一整年研究揣摩不算多。当时各国所重的是威势，策士所说原不外战争和诈谋；但要因人因地进言，广博的知识和微妙的机智都是不可少的。

　　记载那些说辞的书叫《战国策》，是汉代刘向编定的，书名也是他提议的，但在他以前，汉初著名的说客蒯通，大约已经加以整理和润饰，所以各篇如出一手。《汉书》本传里记着他"论战国时说士权变，亦自序其说，凡八十一篇，号曰《隽永》"，大约就是刘向所根据的底本了[1]。蒯通那枝笔是很有力量的，铺陈的伟丽，叱咤的雄豪，固然传达出来了；而那些曲折微妙的声口，也丝丝入扣，千载如生。读这部书，真是如闻其语，如见其人。汉以来批评这部书的都用儒家的眼光。刘

---

1　罗根泽《<战国策>作于蒯通考》及《补正》（《古史辨》第四册）。

向的序里说战国时代"捐礼让而贵战争，弃仁义而用诈谲，苟以取强而已矣"，可以代表。但他又说这些是"高才秀士"的"奇策异智"，"亦可喜，皆可观"。这便是文辞的作用了。宋代有个李文叔，也说这部书所记载的事"浅陋不足道"，但"人读之，则必乡其说之工，而忘其事之陋者，文辞之胜移之而已"。又道，说的还不算难，记的才真难得呢。这部书除文辞之胜外，所记的事，上接春秋时代，下至楚汉兴起为止，共二百零二年（前四〇三——前二〇二），也是一部重要的古史。所谓战国时代，便指这里的二百零二年；而战国的名称也是刘向在这部书的序里定出的。

---

**参考资料：**
雷海宗《中国通史选读》第二册（清华大学讲义排印本）

第九　《史记》《汉书》

说起中国的史书，《史记》、《汉书》，真是无人不知，无人不晓。这有两个原因。一则这两部书是最早的有系统的历史，再早虽然还有《尚书》、《鲁春秋》、《国语》、《春秋左氏传》、《战国策》等，但《尚书》、《国语》、《战国策》，都是记言的史，不是记事的史。《春秋》和《左传》是记事的史了，可是《春秋》太简短，《左氏传》虽够铺排的，而跟着《春秋》编年的系统，所记的事还不免散碎。《史记》创了"纪传体"，叙事自黄帝以来到著者当世，就是汉武帝的时候，首尾三千多年。《汉书》采用了《史记》的体制，却以汉事为断，从高祖到王莽，只二百三十年。后来的史书全用《汉书》的体制，断代成书；二十四史里，《史记》、《汉书》以外的二十二史都如此。这称为"正史"。《史记》、《汉书》，可以说都是"正史"的源头。二则，这两部书都成了文学的古典；两书有许多相同处，虽然也有许多相异处。大概东汉、魏、晋到唐，喜欢《汉书》的多，唐以后喜欢《史记》的多，而明、清两代尤然。这是两书文体各有所胜的缘故。但历来班马并称，《史》《汉》连举，它们叙事写人的技术，毕竟是大同的。

《史记》，汉司马迁著。司马迁字子长，左冯翊夏阳（今陕西韩城）人。景帝中元五年（西元前一四五）生，卒年不详。他是太史令司马谈的儿子。小时候在本乡只帮人家耕耕田放放牛玩儿。司马谈做了太史令，才将他带到京师（今西安）读书。他十岁的时候，便认识"古文"的书了。二十岁以后，到处游历，真是足迹遍天下。他东边到过现在的河北、山东及江、浙沿海，南边到过湖南、江西、云南、贵州，西边到过陕、甘、西康等处，北边到过长城等处；当时的"大汉帝国"，除了朝鲜、河西（今宁夏一带）、岭南几个新开郡外，他都走到了。他的出游，相传是父亲命他搜求史料去的；但也有些处是因公去的。他搜得了多少写的史料，没有明文，不能知道。可是他却看到了好些古代的遗迹，听到了好些古代的轶闻；这些都是活史料，他用来印证并补充他所读的书。他作《史记》，叙述和描写往往特别亲切有味，便是为此。他的游历不但增扩了他的见闻，也增扩了他的胸襟；他能够综括三千多年的事，写成一部大书，而行文又极其抑扬变化之致，可见出他的胸襟是如何的阔大。

他二十几岁的时候，应试得高第，做了郎中。武帝元封元年（西元前一一〇），大行封禅典礼，步骑十八万，旌旗千余里。司马谈是史官，本该从行；但是病得很重，留在洛阳不能去。司马迁却跟去了。回来见父亲，父亲已经快死了，拉着他的手呜咽着道："我们先人从虞夏以来，世代做史官；周末弃职他去，从此我家便衰微了。我虽然恢复了世传的职务，可是不成；你看这回封禅大典，我竟不能从行，真是命该如此！再说孔子因为眼见王道缺、礼乐衰，才整理文献，论《诗》《书》，作《春秋》，他的功绩是不朽的。孔子到现在又四百多年了，各国只管争战，史籍都散失了，这得搜求整理；汉朝一统天下，明主、贤君、忠臣、死义之士，也得记载表彰。我做了太史令，却没能尽职，无所论著，真是惶恐万分。你若能继承先业，再做太史令，成就我的未竟之志，扬名于后世，那就是大孝了。你想着我的话罢。"[1]司马迁听了父亲这番遗命，低头流泪答道："儿

---

1　原文见《史记・自序》。

子虽然不肖，定当将你老人家所搜集的材料，小心整理起来，不敢有所遗失。"[1]司马谈便在这年死了；司马迁这年三十六岁。父亲的遗命指示了他一条伟大的路。

父亲死的第三年，司马迁果然做了太史令。他有机会看到许多史籍和别的藏书，便开始作整理的工夫。那时史料都集中在太史令手里，特别是汉代各地方行政报告，他那里都有。他一面整理史料，一面却忙着改历的工作；直到太初元年（西元前一〇四），太初历完成，才动手著他的书。天汉二年（西元前九九），李陵奉了贰师将军李广利的命，领了五千兵，出塞打匈奴。匈奴八万人围着他们；他们杀伤了匈奴一万多，可是自己的人也死了一大半。箭完了，又没吃的，耗了八天，等贰师将军派救兵。救兵竟没有影子。匈奴却派人来招降。李陵想着回去也没有脸，就降了。武帝听了这个消息，又急又气。朝廷里纷纷说李陵的坏话。武帝问司马迁，李陵到底是个怎样的人。李陵也做过郎中，和司马迁同过事，司马迁是知道他的。

他说李陵这个人秉性忠义，常想牺牲自己，报效国家。这

---

1　原文见《史记·自序》。

回以少敌众，兵尽路穷，但还杀伤那么些人，功劳其实也不算小。他决不是怕死的人，他的降大概是假意的，也许在等机会给汉朝出力呢。武帝听了他的话，想着贰师将军是自己派的元帅，司马迁却将功劳归在投降的李陵身上，真是大不敬；便教将他抓起来，下在狱里。第二年，武帝杀了李陵全家，处司马迁宫刑。宫刑是个大辱，污及先人，见笑亲友。他灰心失望已极，只能发愤努力，在狱中专心致志写他的书，希图留个后世名。过了两年，武帝改元太始，大赦天下。他出了狱，不久却又做了宦者做的官，中书令，重被宠信。但他还继续写他的书。直到征和二年（西元前九一），全书才得完成，共一百三十篇，五十二万六千五百字。他死后，这部书部分地流传，到宣帝时，他的外孙杨恽才将全书献上朝廷去，并传写公行于世。汉人称为《太史公书》、《太史公》、《太史公记》、《太史记》。魏晋间才简称为《史记》，《史记》便成了定名。这部书流传时颇有缺佚，经后人补续改窜了不少；只有元帝、成帝间褚少孙补的有主名，其余都不容易考了。

　　司马迁是窃比孔子的。孔子是在周末官守散失时代第一个保存文献的人，司马迁是秦火以后第一个保存文献的人。他们保存的方法不同，但是用心一样。《史记·自序》里记着司马迁和上大夫壶遂讨论作史的一番话。司马迁引述他的父亲称扬孔子整理"六经"的丰功伟业，而特别着重《春秋》的著作。他们父子都是相信孔子作《春秋》的。他又引董仲舒所述孔子的话："我有种种觉民救世的理想，凭空发议论，恐怕人不理会；不如借历史上现成的事实来表现，可以深切著明些。"[1] 这便是孔子作《春秋》的旨趣；他是要明王道，辨人事，分明是非善恶贤不肖，存亡继绝，补敝起废，作后世君臣龟鉴。《春秋》实在是礼义的大宗，司马迁相信礼治是胜于法治的。他相信《春秋》包罗万象，采善贬恶，并非以刺讥为主。像他父亲遗命所说的，汉兴以来，人主明圣盛德，和功臣、世家、贤大夫之业，是他父子职守所在，正该记载表彰。他的书记汉事较详，固然是史料多，也是他意主尊汉的缘故。他排斥暴秦，要将汉远承三代。这正和今文家说的《春秋》尊鲁一样，他的书实在是窃比《春秋》的。他虽自称只是"厥协'六经'异传，整齐百家杂语"[2]，述而不作，不敢与《春秋》比，那不过是谦词罢了。

---

1  原文见《史记·自序》。
2  原文见《史记·自序》。

他在《报任安书》里说他的书"欲以究天人之际，通古今之变，成一家之言"。《史记·自序》里说："罔（网）罗天下放佚旧闻，王迹所兴，原始察终，见盛观衰，论考之行事。""王迹所兴"，始终盛衰，便是"古今之变"，也便是"天人之际"。"天人之际"只是天道对于人事的影响；这和所谓"始终盛衰"都是阴阳家言。阴阳家倡"五德终始说"，以为金木水火土五行之德，互相克胜，终始运行，循环不息。当运者盛，王迹所兴；运去则衰。西汉此说大行，与"今文经学"合而为一。司马迁是请教过董仲舒的，董就是今文派的大师，他也许受了董的影响。"五德终始说"原是一种历史哲学；实际的教训只是让人君顺时修德。

《史记》虽然窃比《春秋》，却并不用那咬文嚼字的书法，只据事实录，使善恶自见。书里也有议论，那不过是著者牢骚之辞，与大体是无关的。原来司马迁自遭李陵之祸，更加努力著书。他觉得自己已经身废名裂，要发抒意中的郁结，只有这一条通路。他在《报任安书》和《史记·自序》里引了文王以下到韩非诸贤圣，都是发愤才著书的。他自己也是个发愤著书的人。天道的无常，世变的无常，引起了他的慨叹；他悲天悯人，发为牢骚抑扬之辞。这增加了他的书的情韵。后世论文的人推尊《史记》，一个原因便在这里。

班彪论前史得失，却说他"论议浅而不笃。其论术学，则崇黄老而薄'五经'；序货殖，则轻仁义而羞贫穷；道游侠，则贱守节而贵俗功"，以为"大敝伤道"[1]；班固也说他"是非颇谬于圣人"[2]。其实推崇道家的是司马谈；司马迁时，儒学已成独尊之势，他也成了一个推崇的人了。至于《游侠》《货殖》两传，确有他的身世之感。那时候有钱可以赎罪，他遭了李陵之祸，刑重家贫，不能自赎，所以才有"羞贫穷"的话；他在穷窘之中，交游竟没有一个抱不平来救他的，所以才有称扬游侠的话。这和《伯夷传》里天道无常的疑问，都只是偶一借题发挥，无关全书大旨。东汉王允死看"发愤"著书一语，加上咬文嚼字的成见，便说《史记》是"佞臣"的"谤书"[3]，那不但误解了《史记》，也太小看了司马迁了。

《史记》体例有五：十二本纪，记帝王政迹，是编年的；

---

1　《后汉书·班彪传》。

2　《汉书·司马迁传赞》。

3　《后汉书·蔡邕传》。

十表，以分年略记世代为主；八书，记典章制度的沿革；三十世家，记侯国世代存亡；七十列传，类记各方面人物。史家称为"纪传体"，因为"纪传"是最重要的部分。古史不是断片的杂记，便是顺案年月的纂录；自出机杼，创立规模，以驾驭去取各种史料的，从《史记》起始。司马迁的确能够贯穿经传，整齐百家杂语，成一家言。他明白"整齐"的必要，并知道怎样去"整齐"，这实在是创作，是以述为作。他这样将自有文化以来三千年间君臣士庶的行事，"合一炉而冶之"，却反映着秦汉大一统的局势。《春秋左氏传》虽也可算通史，但是规模完具的通史，还得推《史记》为第一部书。班固根据他父亲班彪的意见，说司马迁"善叙事理，辩而不华，质而不俚；其文直，其事核，不虚美，不隐恶，故谓之实录"[1]。"直"是"简省"的意思，简省而能明确，便见本领。《史记》共一百三十篇，列传占了全书的过半数；司马迁的史观是以人物为中心的。他最长于描写；靠了他的笔，古代许多重要人物的面形，至今还活现在纸上。

---

1　《汉书·司马迁传赞》。

《汉书》，汉班固著。班固，字孟坚，扶风安陵（今陕西咸阳）人，光武帝建武八年（西元三二）生，和帝永元四年（西元九二）卒。他家和司马氏一样，也是个世家；《汉书》是子继父业，也和司马迁差不多。但班固的凭藉，比司马迁好多了。他曾祖班斿，博学有才气，成帝时，和刘向同校皇家藏书。成帝赐了他全套藏书的副本，《史记》也在其中。当时书籍流传很少，得来不易；班家得了这批赐书，真像大图书馆似的。他家又有钱，能够招待客人。后来有好些学者，老远地跑到他家来看书，扬雄便是一个。班斿的次孙班彪，既有书看，又得接触许多学者；于是尽心儒术，成了一个史学家。《史记》以后，续作很多，但不是偏私，就是鄙俗；班彪加以整理补充，著了六十五篇《后传》。他详论《史记》的得失，大体确当不移。他的书似乎只有本纪和列传；世家是并在列传里。这部书没有流传下来，但他的儿子班固的《汉书》是用它作底本的。

　　班固生在河西，那时班彪避乱在那里。班固有弟班超，妹班昭，后来都有功于《汉书》。他五岁时随父亲到那时的京师洛阳。九岁时能作文章，读诗赋。大概是十六岁罢，他入了洛阳的大学，博览群书。他治学不专守一家，只重大义，不沾沾在章句上；又善作辞赋。为人宽和容众，不以才能骄人。在大学里读了七年书，二十三岁上，父亲死了，他回到安陵去。明帝永平元年（西元五八），他二十八岁，开始改撰父亲的书。他觉得《后传》不够详的，自己专心精究，想完成一部大书。过了三年，有人上书给明帝，告他私自改作旧史。当时天下新定，常有人假造预言，摇惑民心；私改旧史，更有机会造谣，罪名可以很大。

明帝当即诏令扶风郡逮捕班固，解到洛阳狱中，并调看他的稿子。他兄弟班超怕闹出大乱子，永平五年（西元六二），带了全家赶到洛阳；他上书给明帝，陈明原委，请求召见。明帝果然召见。他陈明班固不敢私改旧史，只是续父所作。那时扶风郡也已将班固稿子送呈。明帝却很赏识那稿子，便命班固作校书郎，兰台令史，跟别的几个人同修世祖（光武帝）本纪。班家这时候很穷。班超也做了一名书记，帮助哥哥养家。后来班固等又述诸功臣的事迹，作列传载记二十八篇奏上。这些后来都成了刘珍等所撰的《东观汉记》的一部分，与《汉书》是无关的。

明帝这时候才命班固续完前稿。永平七年（西元六四），班固三十三岁，在兰台重行写他的大著。兰台是皇家藏书之处，他取精用弘，比家中自然更好。次年，班超也做了兰台令史。虽然在官不久，就从军去了，但一定给班固帮助很多。章帝即位，好辞赋，更赏识班固了。他因此得常到宫中读书，往往连日带夜地读下去。大概在建初七年（西元八二），他的书才大致完成。那年他是五十一岁了。和帝永元元年（西元八九），车骑将军窦宪出征匈奴，用他作中护军，参议军机大事。这一回匈奴大败，逃得不知去向。窦宪在出塞三千多里外的燕然山上刻石纪功，教班固作铭。这是著名的大手笔。

次年他回到京师，就做窦宪的秘书。当时窦宪威势极盛；班固倒没有仗窦家的势欺压人，但他的儿子和奴仆却无法无天的。这就得罪了许多地面上的官儿；他们都敢怒而不敢言。有一回他的奴子喝醉了，在街上骂了洛阳令种兢；种兢气恨极了，但也只能记在心里。永元四年（西元九二），窦宪阴谋弑和帝；事败，自杀。他的党羽，或诛死，或免官。班固先只免了官，种兢却饶不过他，逮捕了他，下在狱里。他已经六十一岁了，受不得那种苦，便在狱里死了。和帝得知，很觉可惜，特地下诏申斥种兢。命他将主办的官员抵罪。班固死后，《汉书》的稿子很散乱。他的妹子班昭也是高才博学，嫁给曹世叔，世叔早死，她的节行并为人所重。当时称为曹大家。这时候她奉诏整理哥哥的书；并有高才郎官十人，从她研究这部书——经学大师扶风马融，就在这十人里。书中的八表和天文志那时还未完成，她和马融的哥哥马续参考皇家藏书，将这些篇写定，这也是奉诏办的。

《汉书》的名称从《尚书》来，是班固定的。他说唐虞三代当时都有记载，颂述功德；汉朝却到了第六代才有司马迁的《史记》。而《史记》是通史，将汉朝皇帝的本纪放在尽后头，并且将尧的后裔的汉和秦、项放在相等的地位，这实在不足以推尊本朝。况《史记》只到武帝而止，也没有成段落似的。他所以断代述史，起于高祖，终于平帝时王莽之诛，共十二世，二百三十年，作纪、表、志、传凡百篇，称为《汉书》[1]。班固著《汉书》，虽然根据父亲的评论，修正了《史记》的缺失，但断代的主张，却是他的创见。他这样一面保存了文献，一面贯彻了发扬本朝功德的趣旨。所以后来的正史都以他的书为范本，名称也多叫做"书"。他这个创见，影响是极大的。他的

1 《汉书·叙传》。

书所包举的，比《史记》更为广大：天地、鬼神、人事、政治、道德、艺术、文章，尽在其中。

书里没有世家一体，本于班彪《后传》。汉代封建制度，实际上已不存在；无所谓侯国，也就无所谓世家，这一体的并入列传，也是自然之势。至于改"书"为"志"，只是避免与《汉书》的"书"字相重，无关得失。但增加了《艺文志》，叙述古代学术源流，记载皇家藏书目录，所关却就大了。《艺文志》的底本是刘歆的《七略》。刘向、刘歆父子都曾奉诏校读皇家藏书；他们开始分别源流，编订目录 [1]，使那些"中秘书"渐得流传于世，功劳是很大的。他们的原著都已不存，但《艺文志》还保留着刘歆《七略》的大部分。这是后来目录学家的宝典。原来秦火之后，直到成帝时，书籍才渐渐出现；成帝诏求遗书于天下，这些书便多聚在皇家。刘氏父子所以能有那样大的贡献，班固所以想到在《汉书》里增立《艺文志》，都是时代使然。司马迁便没有这样好运气。

《史记》成于一人之手，《汉书》成于四人之手。表、志

---

1 刘向著有《别录》。

由曹大家和马续补成；纪、传从昭帝至平帝有班彪的《后传》作底本。而从高祖至武帝，更多用《史记》的文字。这样一看，班固自己作的似乎太少。因此有人说他的书是"剽窃"而成[1]，算不得著作。但那时的著作权的观念还不甚分明，不以抄袭为嫌；而史书也不能凭虚别构。班固删润旧文，正是所谓"述而不作"。他删润的地方，却颇有别裁，绝非率尔下笔。史书叙汉事，有阙略的，有隐晦的，经他润色，便变得详明；这是他的独到处。汉代"明主、贤君、忠臣、死义之士"，他实在表彰得更为到家。书中收载别人整篇的文章甚多，有人因此说他是"浮华"之士[2]。这些文章大抵关系政治学术，多是经世有用之作。那时还没有文集，史书加以搜罗，不失保存文献之旨。至于收录辞赋，却是当时的风气和他个人的嗜好；不过从现在看来，这些也正是文学史料，不能抹煞的。

班、马优劣论起于王充《论衡》。他说班氏父子"文义浃备，纪事详赡"，观者以为胜于《史记》[3]。王充论文，是主张"华

---

1　《通志·总序》。

2　《通志·总序》。

3　《超奇篇》，这里据《史通·鉴识》原注引，和通行本文字略异。

实俱成"的[1]。汉代是个辞赋的时代，所谓"华"，便是辞赋化。《史记》当时还用散行文字，到了《汉书》，便弘丽精整，多用排偶，句子也长了。这正是辞赋的影响。自此以后，直到唐代，一般文士，大多偏爱《汉书》，专门传习，《史记》的传习者却甚少。这反映着那时期崇尚骈文的风气。唐以后，散文渐成正统，大家才提倡起《史记》来；明归有光及清桐城派更力加推尊，《史记》差不多要驾乎《汉书》之上了。这种优劣论起于二书散整不同，质文各异；其实是跟着时代的好尚而转变的。

晋代张辅，独不好《汉书》。他说："世人论司马迁、班固才的优劣，多以固为胜，但是司马迁叙三千年事，只五十万言，班固叙二百年事，却有八十万言。烦省相差如此之远，班固哪里赶得上司马迁呢！"[2]刘知几《史通》却以为"《史记》虽叙三千年事，详备的也只汉兴七十多年，前省后烦，未能折中；若教他作《汉书》，恐怕比班固还要烦些"[3]。刘知几左袒班固，不无过甚其辞。平心而论，《汉书》确比《史记》繁些。《史

---

1　《超奇篇》。
2　原文见《晋书·张辅传》。
3　原文见《史通·杂说上》。

记》是通史，虽然意在尊汉，不妨详近略远，但叙汉事到底不能太详；司马迁是知道"折中"的。《汉书》断代为书，尽可充分利用史料，尽其颂述功德的职分；载事既多，文字自然繁了，这是一。《汉书》载别人的文字也比《史记》多，这是二。《汉书》文字趋向骈体，句子比散体长，这是三。这都是"事有必至，理有固然"，不足为《汉书》病。范晔《后汉书·班固传赞》说班固叙事"不激诡，不抑抗，赡而不秽，详而有体，使读之者亹亹而不厌"，这是不错的。

宋代郑樵在《通志·总序》里抨击班固，几乎说得他不值一钱。刘知几论通史不如断代，以为通史年月悠长，史料亡佚太多，所可采录的大都陈陈相因，难得新异。《史记》已不免此失；后世仿作，贪多务得，又加上繁杂的毛病，简直教人懒得去看[1]。按他的说法，像《鲁春秋》等，怕也只能算是截取一个时代的一段儿，相当于《史记》的叙述汉事；不是无首无尾，就是有首无尾。这都不如断代史的首尾一贯好。像《汉书》那样，所记的只是班固的近代，史料丰富，搜求不难。只需破费工夫，

---

[1]　《史通·六家》。

总可一新耳目，"使读之者亹亹而不厌"的[1]。郑樵的意见恰相反。他注重会通，以为历史是联贯的，要明白因革损益的轨迹，非会通不可。通史好在能见其全，能见其大。他称赞《史记》，说是"'六经'之后，惟有此作"。他说班固断汉为书，古今间隔，因革不明，失了会通之道，真只算是片段罢了[2]。其实通古和断代，各有短长，刘、郑都不免一偏之见。

《史》、《汉》可以说是自各成家。《史记》"文直而事核"，《汉书》"文赡而事详"[3]。司马迁感慨多，微情妙旨，时在文字蹊径之外；《汉书》却一览之余，情词俱尽。但是就史论史，班固也许比较客观些，比较合体些。明茅坤说"《汉书》以矩矱胜"[4]，清章学诚说"班氏守绳墨""班氏体方用智"[5]，都是这个意思。晋傅玄评班固，"论国体则饰主阙而折忠臣，叙世教则贵取容而贱直节"[6]。这些只关识见高低，不见性情

1 《史通·六家》。
2 《通志·总序》。
3 《后汉书·班固传赞》。
4 《汉书评林·序》。
5 《文史通义·诗教下》。
6 《史通·书事》。

偏正，和司马迁《游侠》、《货殖》两传蕴含着无穷的身世之痛的不能相比，所以还无碍其为客观的。总之《史》、《汉》二书，文质和繁省虽然各不相同，而所采者博，所择者精，却是一样；组织的弘大，描写的曲达，也同工异曲。二书并称良史，决不是偶然的。

第十　诸子

春秋末年，封建制度开始崩坏，贵族的统治权，渐渐维持不住。社会上的阶级，有了紊乱的现象。到了战国，更看见农奴解放，商人抬头。这时候一切政治的、社会的、经济的制度，都起了根本的变化。大家平等自由，形成了一个大解放的时代。在这个大变动当中，一些才智之士对于当前的情势，有种种的看法，有种种的主张；他们都想收拾那动乱的局面，让它稳定下来。有些倾向于守旧的，便起来拥护旧文化、旧制度；向当世的君主和一般人申述他们拥护的理由，给旧文化、旧制度找出理论上的根据。也有些人起来批评或反对旧文化、旧制度；又有些人要修正那些；还有人要建立新文化、新制度来代替旧的；还有人压根儿反对一切文化和制度。这些人也都根据他们自己的见解各说各的，都"持之有故，言之成理"。这便是诸子之学，大部分可以称为哲学。这是一个思想解放的时代，也是一个思想发达的时代，在中国学术史里是稀有的。

诸子都出于职业的"士"。"士"本是封建制度里贵族的末一级；但到了春秋战国之际，"士"成了有才能的人的通称。在贵族政治未崩坏的时候，所有的知识、礼、乐等等，都在贵族手里，平民是没份的。那时有知识技能的专家，都由贵族专养专用，都是在官的。到了贵族政治崩坏以后，贵族有的失了势，穷了，养不起自用的专家。这些专家失了业，流落到民间，便卖他们的知识技能为生。凡有权有钱的都可以临时雇用他们；他们起初还是伺候贵族的时候多，不过不限于一家贵族罢了。这样发展了一些自由职业；靠这些自由职业为生的，渐渐形成了一个特殊阶级，便是"士农工商"的"士"。这些"士"，这些专家，后来居然开门授徒起来。徒弟多了，声势就大了，地位也高了。他们除掉执行自己的职业之外，不免根据他们专门的知识技能，研究起当时的文化和制度来了。这就有了种种看法和主张，各"思以其道易天下"。诸子百家便是这样兴起的。

第一个开门授徒发扬光大那非农非工非商非官的"士"的阶级的，是孔子。孔子名丘，他家原是宋国的贵族，贫寒失势，才流落到鲁国去。他自己做了一个儒士；儒士是以教书和相礼为职业的，他却只是一个"老教书匠"。他的教书有一个特别的地方，就是"有教无类"。他大招学生，不问身家，只要缴相当的学费就收；收来的学生，一律教他们读《诗》、《书》等名贵的古籍，并教他们《礼》、《乐》等功课。这些从前是只有贵族才能够享受的，孔子是第一个将学术民众化的人。他又带着学生，周游列国，说当世的君主；这也是从前没有的。他一个人开了讲学和游说的风气，是"士"阶级的老祖宗。他是旧文化、旧制度的辩护人，以这种姿态创始了所谓儒家。所谓旧文化、旧制度，主要的是西周的文化和制度，孔子相信是文王、周公创造的。继续文王、周公的事业，便是他给他自己的使命。他自己说，"述而不作，信而好古"；所述的，所信所好的，都是周代的文化和制度。《诗》、《书》、《礼》、《乐》等是周文化的代表，所以他拿来作学生的必修科目。这些原是共同的遗产，但后来各家都讲自己的新学说，不讲这些；讲这些的始终只有"述而不作"的儒家，因此《诗》、《书》、《礼》、《乐》等便成为儒家的专有品了。孔子是个博学多能的人，他的讲学是多方面的。他讲学的目的在于养成"人"，养成为国家服务的人，并不在于养成某一家的学者。他教学生读各种书、学各种功课之外，更注重人格的修养。他说为人要有真性情，要有同情心，能够推己及人，这所谓"直""仁""忠""恕"；一面还得合乎礼，就是遵守社会的规范。凡事只问该作不该作，不必问有用无用；只重义，不计利。这样人才配去干政治，为国家服务。孔子的政治学说，是"正名主义"。他想着当时制度的崩坏，阶级的紊乱，都是名不正的缘故。君没有君道，臣没有臣道，父没有父道，子没有子道，实和名不能符合起来，天下自然乱了。救时之道，便是"君君，臣臣，父父，子子"；正名定分，社会的秩序、封建的阶级便会恢复的，他是给封建制度找了一个理论的根据。这个正名主义，又是从《春秋》和古史官的种种书法归纳得来的。他所谓"述而不作"，其实是以述为作，就是理论化旧文化、旧制度，要将那些维持下去。他对于中国文化的贡献，便在这里。

孔子以后，儒家还出了两位大师，孟子和荀子。孟子名轲，邹人；荀子名况，赵人。这两位大师代表儒家的两派。他们也都拥护周代的文化和制度，但是更进一步地加以理论化和理想化。孟子说人性是善的。人都有恻隐心、羞恶心、辞让心、是非心；这便是仁义礼智等善端，只要能够加以扩充，便成善人。

这些善端，又总称为"不忍人之心"。圣王本于"不忍人之心"，发为"不忍人之政"，便是"仁政""王政"。一切政治的经济的制度都是为民设的，君也是为民设的——这却已经不是封建制度的精神了。和王政相对的是霸政。霸主的种种制作设施，有时也似乎为民，其实不过是达到好名好利好尊荣的手段罢了。荀子说人性是恶的。性是生之本然，里面不但没有善端，还有争夺放纵等恶端。但是人有相当聪明才力，可以渐渐改善学好；积久了，习惯自然，再加上专一的工夫，可以到圣人的地步。所以善是人为的。孟子反对功利，他却注重它。他论王霸的分别，也从功利着眼。孟子注重圣王的道德，他却注重圣王的威权。他说生民之初，纵欲相争，乱得一团糟；圣王建立社会国家，是为明分息争的。礼是社会的秩序和规范，作用便在明分；乐是调和情感的，作用便在息争。他这样从功利主义出发，给一切文化和制度找到了理论的根据。

儒士多半是上层社会的失业流民；儒家所拥护的制度，所讲所行的道德也是上层社会所讲所行的。还有原业农工的下层失业流民，却多半成为武士。武士是以帮人打仗为职业的专家。墨翟便出于武士。墨家的创始者墨翟，鲁国人，后来做到宋国的大夫，但出身大概是很微贱的。"墨"原是作苦工的犯人的意思，大概是个浑名；"翟"是名字。墨家本是贱者，也就不辞用那个浑名自称他们的学派。墨家是有团体组织的，他们的首领叫做"巨子"；墨子大约就是第一任"巨子"。他们不但是打仗的专家，并且是制造战争器械的专家。

但墨家和别的武士不同，他们是有主义的，他们虽以帮人打仗为生，却反对侵略的打仗；他们只帮被侵略的弱小国家做防卫的工作。《墨子》里只讲守的器械和方法，攻的方面，特意不讲。这是他们的"非攻"主义。他们说天下大害，在于人的互争；天下人都该视人如己，互相帮助，不但利他，而且利己。这是"兼爱"主义。墨家注重功利，凡与国家人民有利的事物，才认为有价值。国家人民，利在富庶，凡能使人民富庶的事物是有用的，别的都是无益或有害。他们是平民的代言人，所以反对贵族的周代的文化和制度。他们主张"节葬""短丧""节用""非乐"，都和儒家相反。他们说他们是以节俭勤苦的夏禹为法的。他们又相信有上帝和鬼神，能够赏善罚恶，这也是下层社会的旧信仰。儒家和墨家其实都是守旧的；不过一个守原来上层社会的旧，一个守原来下层社会的旧罢了。

压根儿反对一切文化和制度的是道家。道家出于隐士。孔子一生曾遇到好些"避世"之士；他们着实讥评孔子。这些人都是有知识学问的。他们看见时世太乱，难以挽救，便消极起来，对于世事，取一种不闻不问的态度。他们讥评孔子"知其不可而为之"，费力不讨好；他们自己便是知其不可而不为的，独善其身的聪明人。后来有个杨朱，也是这一流人，他却将这种态度理论化了，建立"为我"的学说。他主张"全生保真，不以物累形"；将天下给他，换他小腿上一根汗毛，他是不干的。天下虽大，是外物；一根毛虽小，却是自己的一部分。所谓"真"，便是自然。杨朱所说的只是教人因生命的自然，不加伤害；"避世"便是"全生保真"的路。不过世事变化无穷，避世未必就能避害，杨朱的教义到这里却穷了。老子、庄子的学说似乎便是从这里出发，加以扩充的。杨朱实在是道家的先锋。

老子相传姓李名耳，楚国隐士。楚人是南方新兴的民族，受周文化的影响很少；他们往往有极新的思想。孔子遇到那些隐士，也都在楚国；这似乎不是偶然的。庄子名周，宋国人，他的思想却接近楚人。老学以为宇宙间事物的变化，都遵循一定的公律，在天然界如此，在人事界也如此。这叫做"常"。

顺应这些公律，便不须避害，自然能避害。所以说，"知常曰明"。事物变化的最大公律是物极则反。处世接物，最好先从反面下手。"将欲翕之，必固张之；将欲弱之，必固强之；将欲废之，必固兴之；将欲夺之，必固与之。""大直若屈，大巧若拙，大辩若讷。"这样以退为进，便不至于有什么冲突了。因为物极则反，所以社会上政治上种种制度，推行起来，结果往往和原来目的相反。"法令滋彰，盗贼多有。"治天下本求有所作为，但这是费力不讨好的，不如排除一切制度，顺应自然，无为而为，不治而治。那就无不为，无不治了。自然就是"道"，就是天地万物所以生的总原理。物得道而生，是道的具体表现。一物所以生的原理叫做"德"，"德"是"得"的意思。所以宇宙万物都是自然的。这是老学的根本思想；也是庄学的根本思想。但庄学比老学更进一步。他们主张绝对的自由，绝对的平等。天地万物，无时不在变化之中，不齐是自然的。一切但须顺其自然，所有的分别，所有的标准，都是不必要的。社会上政治上的制度，硬教不齐的齐起来，只徒然伤害人性罢了。所以圣人是要不得的；儒、墨是"不知耻"的。按庄学说，凡天下之物，都无不好；凡天下的意见，都无不对；无所谓物我，无所谓是非。甚至死和生也都是自然的变化，都是可喜的。明白这些个，便能与自然打成一片，成为"无入而不自得"的至人了。老、庄两派，汉代总称为道家。

庄学排除是非，是当时"辩者"的影响。"辩者"，汉代称为名家，出于讼师。辩者的一个首领郑国邓析，便是春秋末年著名的讼师。另一个首领梁相惠施，也是法律行家。邓析的本事在对于法令能够咬文嚼字地取巧，"以是为非，以非为是"。语言文字往往是多义的；他能够分析语言文字的意义，利用来作种种不同甚至相反的解释。这样发展了辩者的学说。当时的辩者有惠施和公孙龙两派。惠施派说，世间各个体的物，各有许多性质；但这些性质，都因比较而显，所以不是绝对的。各物都有相同之处，也都有相异之处。从同的一方面看，可以说万物无不相同；从异的一方面看，可以说万物无不相异。同异都是相对的；这叫做"合同异"。

公孙龙，赵人，他这一派不重个体而重根本，他说概念有独立分离的存在。譬如一块坚而白的石头，看的时候只见白，没有坚；摸的时候只觉坚，不见白。所以白性与坚性两者是分离的。况且天下白的东西很多，坚的东西也很多，有白而不坚的，也有坚而不白的，也可见白性与坚性是分离的，白性使物白，坚性使物坚；这些虽然必须因具体的物而见，但实在有着独立的存在，不过是潜存罢了。这叫做"离坚白"。这种讨论与一般人感觉和常识相反，所以当时以为"怪说""琦辞"，"辩而无用"。但这种纯理论的兴趣，在哲学上是有它的价值的。至于辩者对于社会政治的主张，却近于墨家。

儒、墨、道各家有一个共通的态度，就是托古立言；他们都假托古圣贤之言以自重。孔子托于文王、周公，墨子托于禹，孟子托于尧、舜，老、庄托于传说中尧、舜以前的人物；一个比一个古，一个压一个。不托古而变古的只有法家。法家出于"法术之士"，法术之士是以政治为职业的专家。贵族政治崩坏的结果，一方面是平民的解放，一方面是君主的集权。这时候国家的范围，一天一天扩大，社会的组织也一天一天复杂，人治、礼治，都不适用了。法术之士便创一种新的政治方法帮助当时的君主整理国政，做他们的参谋。这就是法治。当时现实政治和各方面的趋势是变古——尊君权、禁私学、重富豪。法术之士便拥护这种趋势，加以理论化。

他们中间有重势、重术、重法三派，而韩非子集其大成。

他本是韩国的贵族；学于荀子。他采取荀学、老学和辩者的理论，创立他的一家言；他说势、术、法三者都是"帝王之具"，缺一不可。势的表现是赏罚：赏罚严，才可以推行法和术。因为人性究竟是恶的。术是君主驾驭臣下的技巧。综核名实是一个例。譬如教人做某官，按那官的名位，该能作出某些成绩来；君主就可以照着去考核，看他名实能相副否。又如臣下有所建议，君主便叫他去做，看他能照所说的做到否。名实相副的赏；否则罚。法是规矩准绳，明主制下了法，庸主只要守着，也就可以治了。君主能够兼用法、术、势，就可以一驭万，以静制动，无为而治。诸子都讲政治，但都是非职业的，多偏于理想。只有法家的学说，从实际政治出来，切于实用。中国后来的政治，大部分是受法家的学说支配的。

　　古代贵族养着礼乐专家，也养着巫祝、术数专家。礼乐原来的最大的用处在丧、祭。丧、祭用礼乐专家，也用巫祝；这两种人是常在一处的同事。巫祝固然是迷信的；礼乐里原也是有迷信成分的。礼乐专家后来沦为儒士；巫祝术数专家便沦为方士。他们关系极密切，所注意的事有些是相同的。汉代所称的阴阳家便出于方士。古代术数注意于所谓"天人之际"，以为天道人事互相影响。战国末年有些人更将这种思想推行起来，并加以理论化，使它成为一贯的学说。这就是阴阳家。

当时阴阳家的首领是齐人驺衍。他研究"阴阳消息"，创为"五德终始"说。"五德"就是五行之德。五行是古代的信仰。驺衍以为五行是五种天然势力，所谓"德"，每一德，各有盛衰的循环。在它当运的时候，天道人事，都受它支配。等到它运尽而衰，为别一德所胜所克，别一德就继起当运。木胜土，金胜木，火胜金，水胜火，土胜水，这样"终始"不息。历史上的事变都是这些天然势力的表现。每一朝代，代表一德；朝代是常变的，不是一家一姓可以永保的。阴阳家也讲仁义名分，却是受儒家的影响。那时候儒家也在开始受他们的影响，讲《周易》，作《易传》。到了秦汉间，儒家更几乎与他们混和为一；西汉今文家的经学大部便建立在阴阳家的基础上。后来"古文经学"虽然扫除了一些"非常""可怪"之论，但阴阳家的思想已深入人心，牢不可拔了。

战国末期，一般人渐渐感着统一思想的需要，秦相吕不韦便是作这种尝试的第一个人。他教许多门客合撰了一部《吕氏春秋》。现在所传的诸子书，大概都是汉人整理编定的；他们大概是将同一学派的各篇编辑起来，题为某子。所以都不是有系统的著作。《吕氏春秋》却不然；它是第一部完整的书。吕不韦所以编这部书，就是想化零为整，集合众长，统一思想。他的基调却是道家。秦始皇统一天下，李斯为相，实行统一思想。他烧书，禁天下藏"《诗》、《书》百家语"。但时机到底还未成熟，而秦不久也就亡了，李斯是失败了。所以汉初诸子学依然很盛。

到了汉武帝的时候，淮南王刘安仿效吕不韦的故智，教门客编了一部《淮南子》，也以道家为基调，也想来统一思想。但成功的不是他，是董仲舒。董仲舒向武帝建议："'六经'和孔子的学说以外，各家一概禁止。邪说息了，秩序才可统一，标准才可分明，人民才知道他们应走的路。"武帝采纳了他的话。从此，帝王用功名利禄提倡他们所定的儒学，儒学统于一尊；春秋战国时代言论思想极端自由的空气便消灭了。这时候政治上既开了从来未有的大局面，社会和经济各方面的变动也渐渐凝成了新秩序，思想渐归于统一，也是自然的趋势。在这新秩序里，农民还占着大多数，宗法社会还保留着，旧时的礼教与制度一部分还可适用，不过民众化了罢了。另一方面，要创立政治上社会上各种新制度，也得参考旧的。这里便非用儒者不可了。儒者通晓以前的典籍，熟悉以前的制度，而又能够加以理想化、理论化，使那些东西秩然有序，粲然可观。别家虽也有政治社会学说，却无具体的办法，就是有，也不完备，赶不上儒家，在这建设时代，自然不能和儒学争胜。儒学的独尊，也是当然的。

---

**参考资料：**

冯友兰《中国哲学史》第一篇

第十一　辞赋

屈原是我国历史里永被纪念着的一个人。旧历五月五日端午节，相传便是他的忌日；他是投水死的，竞渡据说原来是表示救他的，粽子原来是祭他的。现在定五月五日为诗人节，也是为了纪念的缘故。他是个忠臣，而且是个缠绵悱恻的忠臣；他是个节士，而且是个浮游尘外、清白不污的节士，"举世皆浊而我独清，众人皆醉而我独醒"。他的身世是一出悲剧，可是他永生在我们的敬意尤其是我们的同情里。"原"是他的号，"平"是他的名字。他是楚国的贵族，怀王时候，做"左徒"的官。左徒好像现在的秘书。他很有学问，熟悉历史和政治，口才又好。一方面参赞国事，一方面给怀王见客，办外交，头头是道，怀王很信任他。

　　当时楚国有亲秦亲齐两派；屈原是亲齐派。秦国看见屈原得势，便派张仪买通了楚国的贵臣上官大夫、靳尚等，在怀王面前说他的坏话。怀王果然被他们所惑，将屈原放逐到汉北去。

张仪便劝怀王和齐国绝交，说秦国答应割地六百里。楚和齐绝了交，张仪却说答应的是六里。怀王大怒，便举兵伐秦，不料大败而归。这时候想起屈原来了，将他召回，教他出使齐国。亲齐派暂时抬头。但是亲秦派不久又得势。怀王终于让秦国骗了去，拘留着，就死在那里。这件事是楚人最痛心的，屈原更不用说了。可是怀王的儿子顷襄王，却还是听亲秦派的话，将他二次放逐到江南去，他流浪了九年，秦国的侵略一天紧似一天；他不忍亲见亡国的惨象，又想以一死来感悟顷襄王，便自沉在汨罗江里。

《楚辞》中《离骚》和《九章》的各篇，都是他放逐时候所作。《离骚》尤其是千古流传的杰构。这一篇大概是二次被放时作的。他感念怀王的信任，却恨他糊涂，让一群小人蒙蔽着，播弄着。而顷襄王又不能觉悟；以致国土日削，国势日危。他自己呢，"信而见疑，忠而被谤"，简直走投无路；满腔委屈，千端万绪的，没人可以诉说，终于只能告诉自己的一支笔，《离骚》便是这样写成的。"离骚"是"别愁"或"遭忧"的意思。他是个富于感情的人，那一腔遏抑不住的悲愤，随着他的笔奔迸出来，"东一句，西一句，天上一句，地下一句"，只是一片一段的，没有篇章可言。这和人在疲倦或苦痛的时候，叫"妈呀！""天哪！"一样；心里乱极，闷极了，叫叫透一口气，自然是顾不到什么组织的。

篇中陈说唐虞三代的治，桀、纣、羿、浇的乱，善恶因果，历历分明；用来讽刺当世，感悟君王。他又用了许多神话里的譬喻和动植物的譬喻，委曲地表达出他对于怀王的忠爱，对于贤人君子的向往，对于群小的深恶痛疾。他将怀王比作美人，他是"求之不得"，"辗转反侧"；情辞凄切，缠绵不已。他又将贤臣比作香草。"美人香草"从此便成为政治的譬喻，影响后来解诗作诗的人很大。汉淮南王刘安作《离骚传》说："《国风》好色而不淫，《小雅》怨诽而不乱，若《离骚》者可谓兼之矣。""好色而不淫"似乎就指美人香草用作政治的譬喻而言；"怨诽而不乱"是怨而不怒的意思。虽然我们相信《国风》的男女之辞并非政治的譬喻，但断章取义，淮南王的话却是《离骚》的确切评语。

《九章》的各篇原是分立的，大约汉人才合在一起，给了"九章"的名字。这里面有些是屈原初次被放时作的，有些是二次被放时作的。差不多都是"上以讽谏，下以自慰"；引史事，用譬喻，也和《离骚》一样。《离骚》里记着屈原的世系和生辰，这几篇里也记着他放逐的时期和地域；这些都可以算是他的自叙传。他还作了《九歌》、《天问》、《远游》、《招魂》等，却不能算自叙传，也"不皆是怨君"；后世都说成怨君，便埋没了他的别一面的出世观了。他其实也是一"子"，也是一家之学。这可以说是神仙家，出于巫。《离骚》里说到周游上下四方，驾车的动物，驱使的役夫，都是神话里的。《远游》更全是说的周游上下四方的乐处。这种游仙的境界，便是神仙家的理想。

《远游》开篇说，"悲时俗之迫厄兮，愿轻举而远游"，篇中又说，"临不死之旧乡"。人间世太狭窄了，也太短促了，人是太不自由自在了。神仙家要无穷大的空间，所以要周行无碍；要无穷久的时间，所以要长生不老。他们要打破现实的有限的世界，用幻想创出一个无限的世界来。在这无限的世界里，所有的都是神话里的人物；有些是美丽的，也有些是丑怪的。《九歌》里的神大都可爱；《招魂》里一半是上下四方的怪物，说得顶怕人的，可是一方面也奇诡可喜。因为注意空间的扩大，所以对于天地山川日月星辰，在在都有兴味。《天问》里许多关于天文地理的疑问，便是这样来的。一面惊奇天地之广大，一面也惊奇人事之诡异——善恶因果，往往有不相应的；《天问》

120

里许多关于历史的疑问,便从这里着眼。这却又是他的入世观了。

要达到游仙的境界,须要"虚静以恬愉","无为而自得",还须导引养生的修炼工夫,这在《远游》里都说了。屈原受庄学的影响极大。这些都是庄学;周行无碍,长生不老,以及神话里的人物,也都是庄学。但庄学只到"我"与自然打成一片而止,并不想创造一个无限的世界;神仙家似乎比庄学更进了一步。神仙家也受阴阳家的影响;阴阳家原也讲天地广大,讲禽兽异物的。阴阳家是齐学。齐国滨海,多有怪诞的思想。屈原常常出使到那里,所以也沾了齐气。还有齐人好"隐"。"隐"是"遁词以隐意,谲譬以指事",是用一种滑稽的态度来讽谏。淳于髡可为代表。楚人也好"隐"。屈原是楚人,而他的思想又受齐国的影响,他爱用种种政治的譬喻,大约也不免沾点齐气。但是他不取滑稽的态度,他是用一副悲剧面孔说话的。《诗大序》所谓"谲谏",所谓"言之者无罪,闻之者足以戒",倒是合式的说明。至于像《招魂》里的铺张排比,也许是纵横家的风气。

《离骚》各篇多用"兮"字足句,句逗以参差不齐为主。"兮"字足句,《三百篇》中已经不少;句逗参差,也许是"南音"的发展。"南"本是南乐的名称;《三百篇》中的"二南",

本该与风、雅、颂分立为四。二南是楚诗，乐调虽已不能知道，但和风、雅、颂必有异处。从二南到《离骚》，现在只能看出句逗由短而长、由齐而畸的一个趋势；这中间变迁的轨迹，我们还能找到一些，总之，决不是突如其来的。这句逗的发展，大概有多少音乐的影响。从《汉书·王褒传》，可以知道楚辞的诵读是有特别的调子的，这正是音乐的影响。屈原诸作奠定了这种体制，模拟的日见其多。就中最出色的是宋玉，他作了《九辩》。宋玉传说是屈原的弟子；《九辩》的题材和体制都模拟《离骚》和《九章》，算是代屈原说话，不过没有屈原那样激切罢了。宋玉自己可也加上一些新思想；他是第一个描写"悲秋"的人。还有个景差，据说是《大招》的作者；《大招》是模拟《招魂》的。

到了汉代，模拟《离骚》的更多，东方朔、王褒、刘向、王逸都走着宋玉的路。大概武帝时候最盛，以后就渐渐地差了。汉人称这种体制为"辞"，又称为"楚辞"。刘向将这些东西编辑起来，成为《楚辞》一书。东汉王逸给作注，并加进自己的拟作，叫做《楚辞章句》。北宋洪兴祖又作《楚辞补注》；《章句》和《补注》合为《楚辞》标准的注本。但汉人又称《离骚》等为"赋"。《史记·屈原传》说他"作《怀沙》之赋"；《怀沙》是《九章》之一，本无"赋"名。《传》尾又说："宋玉、唐勒、景差之徒，皆好辞而以赋见称。"《汉书·艺文志·诗赋略》列"屈原赋二十五篇"，就是《离骚》等。大概"辞"是后来的名字，专指屈、宋一类作品；赋虽从辞出，却是先起的名字，在未采用"辞"的名字以前，本包括"辞"而言。所以浑言称"赋"，称"辞赋"，分言称"辞"和"赋"。后世引述屈、宋诸家，只通称"楚辞"，没有单称"辞"的。但却有称"骚""骚体""骚赋"的，这自然是"离骚"的影响。

荀子的《赋篇》最早称"赋"。篇中分咏"礼""知""云""蚕""箴"（针）五件事物，像是谜语；其中颇有讽世的话，可以说是"隐"的支流余裔。荀子久居齐国的稷下，又在楚国做过县令，死在那里。他的好"隐"，也是自然的。《赋篇》总题分咏，自然和后来的赋不同，但是安排客主，问答成篇，却开了后来赋家的风气。荀赋和屈辞原来似乎各是各的；这两体的合一，也许是在贾谊手里。贾谊是荀卿的再传弟子，他的境遇却近于屈原，又久居屈原的故乡，很可能的，他模拟屈原的体制，却袭用了荀卿的"赋"的名字。这种赋日渐发展，屈原诸作也便被称为"赋"；"辞"的名字许是后来因为拟作多了，才分化出来，作为此体的专称的。"辞"本是"辩解的言语"的意思，用来称屈、宋诸家所作，倒也并无不合之处。

《汉书·艺文志·诗赋略》分赋为四类。"杂赋"十二家是总集，可以不论。屈原以下二十家，是言情之作。陆贾以下二十一家，已佚，大概近于纵横家言。就中"陆贾赋三篇"，在贾谊之先；但作品既不可见，是他自题为赋，还是后人追题，不能知道，只好存疑了。荀卿以下二十五家，大概是叙物明理之作。这三类里，贾谊以后各家，多少免不了屈原的影响，但已渐有散文化的趋势；第一类中的司马相如便是创始的人。——托为屈原作的《卜居》、《渔父》，通篇散文化，只有几处用韵，似乎是《庄子》和荀赋的混合体制，又当别论。——散文化更容易铺张些。"赋"本是"铺"的意思，铺张倒是本来面目。可是铺张的作用原在讽谏；这时候却为铺张而铺张，所谓"劝百而讽一"。当时汉武帝好辞赋，作者极众，争相竞胜，所以致此。扬雄说，"诗人之赋丽以则，辞人之赋丽以淫"；"诗人之赋"便是前者，"辞人之赋"便是后者。甚至有诙谐嫚戏，毫无主旨的。难怪辞赋家会被人鄙视为倡优了。

东汉以来，班固作《两都赋》，"极众人之所眩曜，折以今之法度"；张衡仿他作《二京赋》。晋左思又仿作《三都赋》。这种赋铺叙历史地理，近于后世的类书；是陆贾、荀卿两派的混合，是散文的更进一步。这和屈、贾言情之作却迥不相同了。此后赋体渐渐缩短，字句却整炼起来。那时期一般诗文都趋向排偶化，赋先是领着走，后来是跟着走；作赋专重写景述情，务求精巧，不再用来讽谏。这种赋发展到齐、梁、唐初为极盛，称为"俳体"的赋。"俳"是"游戏"的意思，对讽谏而言；其实这种作品倒也并非滑稽嫚戏之作。唐代古文运动起来，宋代加以发挥光大，诗文不再重排偶而趋向散文化，赋体也变了。像欧阳修的《秋声赋》，苏轼的前、后《赤壁赋》，虽然有韵而全篇散行，排偶极少，比《卜居》、《渔父》更其散文的。这称为"文体"的赋。唐宋两代，以诗赋取士，规定程式。那种赋定为八韵，调平仄，讲对仗；制题新巧，限韵险难。这只是一种技艺罢了。这称为"律赋"。对"律赋"而言，"俳体"和"文体"的赋都是"古赋"；这"古赋"的名字和"古文"的名字差不多，真正的"古"如屈、宋的辞，汉人的赋，倒是不包括在内的。赋似乎是我国特有的体制；虽然有韵，而就它全部的发展看，却与文近些。不算是诗。

第十二

诗

汉武帝立乐府，采集代、赵、秦、楚的歌谣和乐谱；教李延年做协律都尉，负责整理那些歌辞和谱子，以备传习唱奏。当时乐府里养着各地的乐工好几百人，大约便是演奏这些乐歌的。歌谣采来以后，他们先审查一下。没有谱子的，便给制谱；有谱子的，也得看看合式不合式，不合式的地方，便给改动一些。这就是"协律"的工作。歌谣的"本辞"合乐时，有的保存原来的样子，有的删节，有的加进些复沓的甚至不相干的章句。"协律"以乐为主，只要合调；歌辞通不通，他们是不大在乎的。他们有时还在歌辞里夹进些泛声；"辞"写大字，"声"写小字。但流传久了，声辞混杂起来，后世便不容易看懂了。这种种乐歌，后来称为"乐府诗"，简称就叫"乐府"。北宋太原郭茂倩收集汉乐府以下历代合乐的和不合乐的歌谣，以及模拟之作，成为一书，题作《乐府诗集》；他所谓"乐府诗"，范围是很广的。就中汉乐府，沈约《宋书·乐志》特称为"古辞"。

汉乐府的声调和当时称为"雅乐"的《三百篇》不同，所采取的是新调子。这种新调子有两种："楚声"和"新声"。屈原的辞可为楚声的代表。汉高祖是楚人，喜欢楚声；楚声比雅乐好听。一般人不用说也是喜欢楚声的。楚声便成了风气。武帝时乐府所采的歌谣，楚以外虽然还有代、赵、秦各地的，但声调也许差不很多。那时却又输入了新声；新声出于西域或北狄的军歌。李延年多采取这种调子唱奏歌谣，从此大行，楚声便让压下去了。楚声的句调比较雅乐参差得多，新声的更比楚声参差得多。可是楚声里也有整齐的五言，楚调曲里各篇更全然如此，像著名的《白头吟》、《梁甫吟》、《怨歌行》都是的[1]。这就是五言诗的源头。

汉乐府以叙事为主。所叙的社会故事和风俗最多，历史及游仙的故事也占一部分。此外便是男女相思和离别之作，格言式的教训，人生的慨叹等等。这些都是一般人所喜欢的题材。用一般人所喜欢的调子，歌咏一般人所喜欢的题材，自然可以

---

1　以上参用朱祖《汉三大乐府调辨》（《清华学报》四卷二期）说。

风靡一世。哀帝即位，却以为这些都是不正经的乐歌；他废了乐府，裁了多一半乐工——共四百四十一人，——大概都是唱奏各地乐歌的。当时颇想恢复雅乐，但没人懂得，只好罢了。不过一般人还是爱好那些乐歌。这风气直到汉末不变。东汉时候，这些乐歌已经普遍化，文人仿作的渐多；就中也有仿作整齐的五言的，像班固的《咏史》。但这种五言的拟作极少；而班固那一首也未成熟，钟嵘在《诗品·序》里评为"质木无文"，是不错的。直到汉末，一般文体都走向整炼一路，试验这五言体的便多起来；而最高的成就是《文选》所录的《古诗十九首》。

旧传最早的五言诗，是《古诗十九首》和苏武、李陵诗；说《十九首》里有七首是枚乘作的，和苏、李诗都出现于汉武帝时代。但据近来的研究，这十九首古诗实在都是汉末的作品；苏、李诗虽题了苏、李的名字，却不合于他们的事迹；从风格上看，大约也和《十九首》出现在差不多的时候，这十九首古诗并非一人之作，也非一时之作，但都模拟言情的乐府。歌咏的多是相思离别，以及人生无常当及时行乐的意思；也有对于邪臣当道、贤人放逐、朋友富贵相忘、知音难得等事的慨叹。这些都算是普遍的题材；但后一类是所谓"失志"之作，自然兼受了《楚辞》的影响。钟嵘评古诗，"可谓几乎一字千金"；因为所咏的几乎是人人心中所要说的，却不是人人口中笔下所能说的，而又能够那样平平说出，曲曲说出，所以是好。《十九首》只像对朋友说家常话，并不在字面上用工夫，而自然达意，委婉尽情，合于所谓"温柔敦厚"的诗教[1]。到唐为止，这是五言诗的标准。

汉献帝建安年间（西元一九六—二一九），文学极盛，曹操和他的儿子曹丕曹植两兄弟是文坛的主持人；而曹植更是个大诗家。这时乐府声调已多失传，他们却用乐府旧题，改作新词，曹丕、曹植兄弟尤其努力在五言体上。他们一班人也作独立的五言诗。叙游宴，述恩荣，开后来应酬一派。但只求明白诚恳，还是歌谣本色。就中曹植在曹丕做了皇帝之后，颇受猜忌，忧患的情感，时时流露在他的作品里。诗中有了"我"，所以独成大家。这时候五言作者既多，开始有了工拙的评论；曹丕说刘桢"五言诗之善者，妙绝时人"[2]，便是例子。但真正奠定了五言诗的基础的是魏代的阮籍，他是第一个用全力作

---

1　"诗教"见《礼记·经解》。

2　《与吴质书》。

五言诗的人。

阮籍是老、庄和屈原的信徒。他生在魏晋交替的时代，眼见司马氏三代专权，欺负曹家，压迫名士，一肚皮牢骚只得发泄在酒和诗里。他作了《咏怀诗》八十多首，述神话，引史事，叙艳情，托于鸟兽草木之名，主旨不外说富贵不能常保，祸患随时可至，年岁有限，一般人钻在利禄的圈子里，不知放怀远大，真是可怜之极。他的诗充满了这种悲悯的情感，"忧思独伤心"[1]一句可以表现。这里《楚辞》的影响很大；钟嵘说他"源出于《小雅》"，似乎是皮相之谈。本来五言诗自始就脱不了《楚辞》的影响，不过他尤其如此。他还没有用心琢句；但语既浑括，譬喻又多，旨趣更往往难详。这许是当时的不得已，却因此增加了五言诗文人化的程度。他是这样扩大了诗的范围，正式成立了抒情的五言诗。

晋代诗渐渐排偶化、典故化。就中左思的《咏史诗》，郭璞的《游仙诗》，也取法《楚辞》，借古人及神仙抒写自己的怀抱，为后世所宗。郭璞是东晋初的人。跟着就流行了一派玄言诗，

---

1　《咏怀》第一首。

孙绰、许询是领袖。他们作诗，只是融化老、庄的文句，抽象说理，所以钟嵘说像"道德论"[1]。这种诗千篇一律，没有"我"；《兰亭集诗》各人所作四言、五言各一首，都是一个味儿，正是好例。但在这种影响下，却孕育了陶渊明和谢灵运两个大诗人。陶渊明，浔阳柴桑人，做了几回小官，觉得做官不自由，终于回到田园，躬耕自活。他也是老、庄的信徒，从躬耕里领略到自然的恬美和人生的道理。他是第一个人将田园生活描写在诗里。他的躬耕免祸的哲学也许不是新的，可都是他从现实生活里体验得来的，与口头的玄理不同，所以亲切有味，诗也不妨说理，但须有理趣，他的诗能够作到这一步。他作诗也只求明白诚恳，不排不典；他的诗是散文化的。这违反了当时的趋势，所以《诗品》只将他放在中品里。但他后来确成了千古"隐逸诗人之宗"[2]。

谢灵运，宋时做到临川太守。他是有政治野心的，可是不得志。他不但是老、庄的信徒，也是佛的信徒。他最爱游山玩水，常常领了一群人到处探奇访胜；他的自然的哲学和出世的哲学教他沉溺在山水的清幽里。他是第一个在诗里用全力刻画山水

---

1　《诗品·序》。

2　《诗品》论陶语。

的人；他也可以说是第一个用全力雕琢字句的人。他用排偶，用典故，却能创造新鲜的句子；不过描写有时不免太繁重罢了。他在赏玩山水的时候，也常悟到一些隐遁的超旷的人生哲理；但写到诗里，不能和那精巧的描写打成一片，像硬装进去似的。这便不如陶渊明的理趣足，但比那些"道德论"自然高妙得多。陶诗教给人怎样赏味田园，谢诗教给人怎样赏味山水；他们都是发现自然的诗人。陶是写意，谢是工笔。谢诗从制题到造句，无一不是工笔。他开了后世诗人着意描写的路子；他所以成为大家，一半也在这里。

齐武帝永明年间（西元四八三—四九三），"声律说"大盛。四声的分别、平仄的性质、双声叠韵的作用，都有人所出，让诗文作家注意。从前只着重句末的韵，这时更着重句中的"和"；"和"就是念起来顺口，听起来顺耳。从此诗文都力求谐调，远于语言的自然。这时的诗，一面讲究用典，一面讲究声律，不免侧重技巧的毛病。到了梁简文帝，又加新变，专咏艳情，称为"宫体"，诗的境界更狭窄了。这种形式与题材的新变，一直影响到唐初的诗。这时候七言的乐歌渐渐发展。汉、魏文士仿作乐府，已经有七言的，但只零星偶见，后来舞曲里常有七言之作。到了南朝，鲍照有《行路难》十八首，人生的感慨颇多，和舞曲描写声容的不一样，影响唐代的李白、杜甫很大。但是梁以来七言的发展，却还跟着舞曲的路子，不跟着鲍照的路子。这些都是宫体的谐调。

唐代谐调发展，成立了律诗绝句，称为近体；不是谐调的诗，称为古体；又成立了古、近体的七言诗。古体的五言诗也变了格调。这些都是划时代的。初唐时候，大体上还继续着南朝的风气，辗转在艳情的圈子里。但是就在这时候，沈佺期、宋之问奠定了律诗的体制。南朝论声律，只就一联两句说，沈、宋却能看出谐调有四种句式。两联四句才是谐调的单位，可以称为周期。这单位后来写成"仄仄平平仄　平平仄仄平　平平平仄仄　仄仄仄平平"的谱。沈、宋在一首诗里用两个周期，就是重叠一次；这样，声调便谐和富厚，又不致单调。这就是八句的律诗。律有"声律""法律"两义。律诗体制短小，组织必须经济，才能发挥它的效力；"法律"便是这个意思。但沈、宋的成就只在声律上，"法律"上的进展，还等待后来的作家。

宫体诗渐渐有人觉得腻味了；陈子昂、李白等说这种诗颓靡浅薄，没有价值。他们不但否定了当时古体诗的题材，也否定了那些诗的形式。他们的五言古体,模拟阮籍的《咏怀》,但是失败了。一般作家却只大量地仿作七言的乐府歌行,带着多少的排偶与谐调。——当时往往就这种歌行里截取谐调的四句入乐奏唱。——可是李白更撇开了排偶和谐调,作他的七言乐府。李白,蜀人,明皇时做供奉翰林;触犯了杨贵妃,不能得志。他是个放浪不羁的人,便辞了职,游山水,喝酒,作诗。他的乐府很多,取材很广;他是借着乐府旧题来抒写自己生活的。他的生活态度是出世的;他作诗也全任自然。人家称他为"天上谪仙人"[1];这说明了他的人和他的诗。他的歌行增进了七言诗的价值;但他的绝句更代表着新制。绝句是五言或七言的四句,大多数是谐调。南北朝民歌中,五言四句的谐调最多,影响了唐人;南朝乐府里也有七言四句的,但不太多,李白和别的诗家纷纷制作,大约因为当时输入的西域乐调宜于这体制,作来可供宫廷及贵人家奏唱。绝句最短小,贵含蓄,忌说尽。李白所作,自然而不觉费力,并且暗示着超远的境界;他给这新体诗立下了一个标准。

---

1　原是贺知章语,见《旧唐书·李白传》。

但是真正继往开来的诗人是杜甫。他是河南巩县人。安禄山陷长安，肃宗在灵武即位，他从长安逃到灵武，做了"左拾遗"的官，因为谏救房琯，被放了出去。那时很乱，又是荒年，他辗转流落到成都，依靠故人严武，做到"检校工部员外郎"，所以后来称为杜工部。他在蜀中住了很久。严武死后，他避难到湖南，就死在那里。他是儒家的信徒；"致君尧舜上，再使风俗淳"是他的素志[1]。又身经乱离，亲见了民间疾苦。他的诗努力描写当时的情形，发抒自己的感想。唐代以诗取士，诗原是应试的玩意儿；诗又是供给乐工歌妓唱了去伺候宫廷及贵人的玩意儿。李白用来抒写自己的生活，杜甫用来抒写那个大时代，诗的领域扩大了，价值也增高了。而杜甫写"民间的实在痛苦，社会的实在问题，国家的实在状况，人生的实在希望与恐惧"[2]，更给诗开辟了新世界。

他不大方作乐府，可是他描写社会生活正是乐府的精神；他的写实的态度也是从乐府来的。他常在诗里发议论，并且引证经史百家；但这些议论和典故都是通过了他的满腔热情奔进

1  杜甫《奉赠韦左丞丈二十二韵》。
2  胡适《白话文学史》。

出来的，所以还是诗。他这样将诗历史化和散文化；他这样给诗创造了新语言。古体的七言诗到他手里正式成立；古体的五言诗到他手里变了格调。从此"温柔敦厚"之外，又开了"沈着痛快"一派[1]。五言律诗，王维、孟浩然已经不用来写艳情而来写山水；杜甫却更用来表现广大的实在的人生。他的七言律诗，也是如此。他作律诗很用心在组织上。他的五言律诗最多，差不多穷尽了这体制的变化。他的绝句直述胸怀，嫌没有余味；但那些描写片段生活印象的，却也不缺少暗示的力量。他也能欣赏自然，晚年所作，颇有清新刻划的句子。他又是个有谐趣的人，他的诗往往透着滑稽的风味。但这种滑稽的风味和他的严肃的态度调和得那样恰到好处，一点也不至于减损他和他的诗的身份。

杜甫的影响直贯到两宋时代，没有一个诗人不直接间接学他的，没有一个诗人不发扬光大他的。古文家韩愈，跟着他将诗进一步散文化，而又造奇喻，押险韵，铺张描写，像汉赋似的。他的诗逞才使气，不怕说尽，是"沈着痛快"的诗。后来有元稹、

---

1　《沧浪诗话》说诗的"大概有二：曰优游不迫，曰沈着痛快"。"优游不破"就是"温柔敦厚"。

白居易二人在政治上都升沉一番；他们却继承杜甫写实的表现人生的态度。他们开始将这种态度理论化；主张诗要"上以补察时政，下以泄导人情"，"嘲风雪，弄花草"是没有意义的[1]。他们反对雕琢字句，主张诚实自然。他们将自己的诗分为"讽谕"的和"非讽谕"的两类。他们的诗却容易懂，又能道出人人心中的话，所以雅俗共赏，一时风行。当时最流传的是他们新创的谐调的七言叙事诗，所谓"长庆体"的，还有社会问题诗。

晚唐诗向来推李商隐、杜牧为大家。李一生辗转在党争的影响中，他和温庭筠并称；他们的诗又走回艳情一路。他们集中力量在律诗上，用典精巧，对偶整切。但李学杜、韩，器局较大；他的艳情诗有些实在是政治的譬喻，实在是感时伤事之作，所以地位在温之上。杜牧做了些小官儿，放荡不羁，而很负盛名，人家称为小杜——老杜是杜甫，他的诗词采华艳，却富有纵横气，又和温、李不同。然而都可以归为绮丽一派。这时候别的诗家也集中力量在律诗上。一些人专学张籍、贾岛的五言律，这两家都重苦吟，总琢磨着将平常的题材写得出奇，

---

1　白居易《与元九（稹）书》。

所以思深语精，别出蹊径。但是这种诗写景有时不免琐屑，写情有时不免偏僻，便觉不大方。这是僻涩一派。另一派出于元、白，作诗如说话，嬉笑怒骂，兼而有之，又时时杂用俗语，这是粗豪一派[1]。这些其实都是杜甫的鳞爪，也都是宋诗的先驱；绮丽一派只影响宋初的诗，僻涩、粗豪两派却影响了宋一代的诗。

宋初的诗专学李商隐；末流只知道典故对偶，真成了诗玩意儿。王禹偁独学杜甫，开了新风气。欧阳修、梅尧臣接着发现了韩愈，起始了宋诗的散文化。欧阳修曾遭贬谪；他是古文家。梅尧臣一生不得志。欧诗虽学韩，却平易疏畅，没有奇险的地方。梅诗幽深淡远，欧评他"譬如妖韶女，老自有余态"，"初如食橄榄，真味久愈在"[2]。宋诗散文化，到苏轼而极。他是眉州眉山（今四川眉山）人。因为攻击王安石的新法，一辈子升沉在党争中。他将禅理大量地放进诗里，开了一个新境界。他的诗气象洪阔，铺叙宛转，又长于譬喻，真到用笔如舌的地步；但不免"掉书袋"的毛病。他门下出了一个黄庭坚，是第一个有意地讲究诗的技巧的人。他是洪州分宁（今江西修水）人，

---

1　以上参考用胡小石《中国文学史》（上海人文社版）说。
2　《水谷夜行寄子美圣俞》。

也因党争的影响，屡遭贬谪，终于死在贬所。他作诗着重锻炼，着重句律；句律就是篇章字句的组织与变化。他开了江西诗派。

刘克庄《江西诗派小序》说他"会萃百家句律之长，究极历代体制之变，搜猎奇书，穿穴异闻，作为古律，自成一家；虽只字半句不轻出"。他不但讲究句律，并且讲究运用经史以至奇书异闻，来增富他的诗。这些都是杜甫传统的发扬光大。王安石已经提倡杜诗，但到黄庭坚，这风气才昌盛。黄还是继续将诗散文化，但组织得更经济些；他还是在创造那阔大的气象，但要使它更富厚些。他所求的是新变。他研究历代诗的利病，将作诗的规矩得失，指示给后学，教他们知道路子，自己去创造，发展到变化不测的地步。所以能够独开一派。他不但创新，还主张点化陈腐以为新；创新需要大才，点化陈腐，中才都可勉力作去。他不但能够"以故为新"，并且能够"以俗为雅"。其实宋诗都可以说是如此，不过他开始有意地运用这两个原则罢了。他的成就尤其在七言律上；组织固然更精密，音调也谐中有拗，使每个字都斩绝地站在纸面上，不至于随口滑过去。

南宋的三大诗家都是从江西派变化出来的。杨万里为人有气节；他的诗常常变格调。写景最工；新鲜活泼的譬喻，层见叠出，而且不碎不僻，能从大处下手。写人的情意，也能铺叙纤悉，曲尽其妙；所谓"笔端有口，句中有眼"[1]。他作诗只是自然流出，可是一句一转，一转一意；所以只觉得熟，不觉得滑。不过就全诗而论，范围究竟狭窄些。范成大是个达官。他是个自然诗人，清新中兼有拗峭。陆游是个爱君爱国的诗人。吴之振《宋诗钞》说他学杜而能得杜的心。他的诗有两种：一种是感激豪宕，沈郁深婉之作；一种是流连光景，清新刻露之作。他作诗也重真率，轻"藻绘"，所谓"文章本天成，妙手偶得之"[2]。他活到八十五岁，诗有万首；最熟于诗律，七言律尤为擅长。——宋人的七言律实在比唐人进步。

向来论诗的对于唐以前的五言古诗，大概推尊，以为是诗的正宗；唐以后的五言古诗，却说是变格，价值差些，可还是诗。诗以"吟咏情性"[3]，该是"温柔敦厚"的，按这个界说，齐、梁、陈、隋的五言古诗其实也不够格，因为题材太小，声调太软，算不得"敦厚"。七言歌行及近体成立于唐代，却只能以

---

1　周必大跋杨诚斋诗语。

2　陆游《文章诗》。

3　《诗大序》。

唐代为正宗。宋诗议论多，又一味刻划，多用俗语，拗折声调。他们说这只是押韵的文，不是诗。但是推尊宋诗的却以为天下事物穷则变，变则通，诗也是如此。变是创新，是增扩，也就是进步。若不容许变，那就只有模拟，甚至只有抄袭；那种"优孟衣冠"，甚至土偶木人，又有什么意义可言！即如模拟所谓盛唐诗的，末流往往只剩了空廓的架格和浮滑的声调；要是再不变，诗道岂不真穷了？所以诗的界说应该随时扩展；"吟咏情性""温柔敦厚"诸语，也当因历代的诗辞而调整原语的意义。诗毕竟是诗，无论如何的扩展与调整，总不会与文混合为一的。诗体正变说起于宋代，唐、宋分界说起于明代；其实历代诗各有胜场也各有短处，只要知道新、变，便是进步，这些争论是都不成问题的。

第十二文

现存的中国最早的文，是商代的卜辞。这只算是些句子，很少有一章一节的。后来《周易》卦爻辞和《鲁春秋》也是如此，不过经卜官和史官接着卦爻与年月的顺序编纂起来，比卜辞显得整齐些罢了。便是这样，王安石还说《鲁春秋》是"断烂朝报"。所谓"断"，正是不成片段、不成章节的意思。卜辞的简略大概是工具的缘故；在脆而狭的甲骨上用刀笔刻字，自然不得不如此。卦爻辞和《鲁春秋》似乎没有能够跳出卜辞的氛围去；虽然写在竹木简上，自由比较多，却依然只跟着卜辞走。《尚书》就不同了。《虞书》《夏书》大概是后人追记，而且大部分是战国末年的追记，可以不论；但那几篇《商书》，即使有些是追记，也总在商周之间。那不但有章节，并且成了篇，足以代表当时史的发展，就是叙述文的发展。而议论文也在这里面见了源头。卜辞是"辞"，《尚书》里大部分也是"辞"。

这些都是官文书。

　　记言记事的辞之外，还有讼辞。打官司的时候，原被告的口供都叫做"辞"；"辞"原是"讼"的意思，是辩解的言语。这种辞关系两造的利害很大，两造都得用心陈说；审判官也得用心听，他得公平地听两面儿的。这种辞也兼有叙述和议论；两造自己办不了，可以请教讼师。这至少是周代的情形。春秋时候，列国交际频繁，外交的言语关系国体和国家的利害更大，不用说更需慎重了。这也称为"辞"，又称为"命"，又合称为"辞命"或"辞令"。郑子产便是个善于辞命的人。郑是个小国，他办外交，却能教大国折服，便靠他的辞命。他的辞引古为证，宛转而有理，他的态度却坚强不屈。孔子赞美他的辞，更赞美他的"慎辞"。孔子说当时郑国的辞命，子产先教裨谌创意起草，交给世叔审查，再教行人子羽修改，末了儿他再加润色。他的确是很慎重的。辞命得"顺"，就是宛转而有理；还得"文"，就是引古为证。

　　孔子很注意辞命，他觉得这不是件易事，所以自己谦虚地说是办不了。但教学生却有这一科；他称赞宰我、子贡，擅长言语，"言语"就是"辞命"。那时候言文似乎是合一的。"辞"

多指说出的言语，"命"多指写出的言语；但也可以兼指。各国派使臣，有时只口头指示策略，有时预备下稿子让他带着走。这都是命。使臣受了命，到时候总还得随机应变，自己想说话；因为许多情形是没法预料的。——当时言语，方言之外有"雅言"。"雅言"就是"夏言"，是当时的京话或官话。孔子讲学似乎就用雅言，不用鲁语。卜、《尚书》和辞命，大概都是历代的雅言。讼辞也许不同些。雅言用的既多，所以每字都能写出，而写出的和说出的雅言，大体上是一致的。孔子说"辞"只要"达"就成。辞是辞命，"达"是明白，辞多了像背书，少了说不明白，多少要恰如其分。辞命的重要，代表议论文的发展。

战国时代，游说之风大盛。游士立谈可以取卿相，所以最重说辞。他们的说辞却不像春秋的辞命那样从容宛转了。他们铺张局势，滔滔不绝，真像背书似的；他们的话，像天花乱坠，有时夸饰，有时诡曲，不问是非，只图激动人主的心。那时最重辩。墨子是第一个注意辩论方法的人，他主张"言必有三表"。"三表"是"上本之于古者圣王之事"，"下原察百姓耳目之实"，"废（发）以为刑政，观其中国家百姓人民之利"；便

146

是三个标准。不过他究竟是个注重功利的人，不大喜欢文饰，"恐人怀其文，忘其'用'"，所以楚王说他"言多不辩"。——后来有了专以辩论为事的"辩者"，墨家这才更发展了他们的辩论方法，所谓《墨经》便成于那班墨家的手里。——儒家的孟、荀也重辩，孟子说："予岂好辩哉？予不得已也！"荀子也说："君子必辩。"这些都是游士的影响。但道家的老、庄，法家的韩非，却不重辩。《老子》里说，"信言不美，美言不信"，"老学"所重的是自然。《庄子》里说，"大辩不言"，"庄学"所要的是神秘。韩非也注重功利，主张以法禁辩，说辩"生于上之不明"。后来儒家作《易·文言传》，也道："君子进德修业。忠信，所以进德也；修辞立其诚，所以居业也。"这不但是在暗暗地批评着游士好辩的风气，恐怕还在暗暗地批评着后来称为名家的"辩者"呢。《文言传》旧传是孔子所作，不足信；但这几句话和"辞达"论倒是合拍的。

孔子开了私人讲学的风气，从此也便有了私家的著作。第一种私家著作是《论语》，却不是孔子自作而是他的弟子们记的他的说话。诸子书大概多是弟子们及后学者所记，自作的极少。《论语》以记言为主，所记的多是很简单的。孔子主张"慎言"，痛恨"巧言"和"利口"；他向弟子们说话，大概是很质直的，弟子们体念他的意思，也只简单地记出，到了墨子和孟子，可就铺排得多。《墨子》大约也是弟子们所记。《孟子》据说是孟子晚年和他的弟子公孙丑、万章等编定的，可也是弟子们记言的体制。那时是个"好辩"的时代。墨子虽不好辩，却也脱不了时代影响。孟子本是个好辩的人。记言体制的恢张，也是自然的趋势。这种记言是直接的对话。由对话而发展为独白，便是"论"。初期的论，言意浑括，《老子》可为代表；后来的《墨经》，《韩非子·储说》的经，《管子》的《经言》，都是这体制。再进一步，便是恢张的论，《庄子·齐物论》等篇以及《荀子》、《韩非子》、《管子》的一部分，都是的。——群经诸子书里常常夹着一些韵句，大概是为了强调。后世的文也偶尔有这种例子。中国的有韵文和无韵文的界限，是并不怎样严格的。

还有一种"寓言"，藉着神话或历史故事来抒论。《庄子》多用神族，《韩非子》多用历史故事：《庄子》有些神仙家言，《韩非子》是继承《庄子》的寓言而加以变化。战国游士的说辞也好用譬喻。譬喻成了风气；这开了后来辞赋的路。论是进步的体制，但还只以篇为单位，"书"的观念还没有。直到《吕氏春秋》，才成了第一部有系统的书。这部书成于吕不韦的门客之手，有十二纪、八览、六论，共三十多万字。十二代表十二月，八是卦数，六是秦代的圣数；这些数目是本书的间架，是外在的系统，并非逻辑的秩序，汉代刘安主编《淮南子》，才按照逻辑的秩序，结构就严密多了。自从有了私家著作，学术日渐平民化。著作越过越多，流传也越过越广。"雅言"便成了凝定的文体了。后世大体采用，言文渐渐分离。战国末期，"雅言"之外原还有齐语、楚语两种有势力的方言。但是齐语只在《春秋公羊传》里留下一些，楚语只在屈原的"辞"里留下几个助词如"羌""些"等；这些都让"雅言"压倒了。

伴随着议论文的发展，记事文也有了长足的进步。这里《春秋左氏传》是一座里程碑。在前有分国记言的《国语》，《左传》从它里面取材很多。那是铺排的记言，一面以《尚书》为范本，一面让当时记言体的、恢张的趋势推动着，成了这部书。其中自然免不了记事的文字；《左传》便从这里出发，将那恢张的趋势表现在记事文里。那时游士的说辞也有人分国记载，也是铺排的记言，后来成为《战国策》那部书。《左传》是说明《春秋》的，是中国第一部编年史。它最长于战争的记载；它能够将千头万绪的战事叙得层次分明，它的描写更是栩栩如生。它的记言也异曲同工，不过不算独创罢了。它可还算不得一部有自己的系统的书；它的顺序是依着《春秋》的。《春秋》的编年并不是自觉的系统，而且"断如复断"，也不成一部"书"。

汉代司马迁的《史记》才是第一部有自己的系统的史书。他创造了"纪传"的体制。他的书包括十二本纪、十表、八书、三十世家、七十列传；共五十多万字。十二是十二月，是地支；十是天干；八是卦数；三十取《老子》"三十辐共一毂"的意思，表示那些"辅弼股肱之臣""忠信行道以奉主上"；七十表示人寿之大齐，因为列传是记载人物的。这也是用数目的哲学作系统，并非逻辑的秩序，和《吕氏春秋》一样。这部书"厥协'六经'异传，整齐百家杂语"，以剪裁与组织见长。但是它的文字最大的贡献，还在描写人物。左氏只是描写事，司马迁进一步描写人；写人更需要精细的观察和选择，比较的更难些。班彪论《史记》"善叙事理，辨而不华，质而不野，文质相称"，这是说司马迁行文委曲自然。他写人也是如此。他又往往即事寓情，低徊不尽；他的悲愤的襟怀，常流露在字里行间。明代茅坤称他"出《风》入《骚》"，是不错的。

汉武帝时候，盛行辞赋；后世说"楚辞汉赋"，真的，汉代简直可以说是赋的时代。所有的作家几乎都是赋的作家。赋既有这样压倒的势力，一切的文体，自然都受它的影响。赋的特色是铺张、排偶、用典故。西汉记事记言，都还用散行的文字，语意大抵简明；东汉就在散行里夹排偶，汉、魏之际，排偶更甚。西汉的赋，虽用排偶，却还重自然，并不力求工整；东汉到魏，越来越工整，典故也越用越多。西汉普通文字，句子很短，最短有两个字的。东汉的句子，便长起来了，最短的是四个字；魏代更长，往往用上四下六或上六下四的两句以完一意。所谓"骈文"或"骈体"，便这样开始发展。骈体出于辞赋，夹带着不少的抒情的成分；而句读整齐，对偶工丽，可以悦目，声调和谐，又可悦耳，也都助人情韵。因此能够投人所好，成功了不废的体制。

梁昭明太子在《文选》里第一次提出"文"的标准，可以说是骈体发展的指路牌。他不选经子史，也不选"辞"。经太尊，不可选；史"褒贬是非，纪别异同"，不算"文"；子"以立意为宗，不以能文为本"；"辞"是子史的支流，也都不算"文"。

他所选的只是"事出于沉思，义归乎翰藻"之作。"事"是"事类"，就是典故；"翰藻"兼指典故和譬喻。典故用得好的，譬喻用得好的，他才选在他的书里。这种作品好像各种乐器，"并为入耳之娱"，好像各种绣衣，"俱为悦目之玩"。这是"文"，和经、子、史及"辞"的作用不同，性质自异。后来梁元帝又说："吟咏风谣，流连哀思者谓之文"；"文者，惟须绮縠纷披，宫徵靡曼，唇吻遒会，情灵摇荡。"这是说，用典故、有对偶、谐声调的抒情作品才叫做"文"呢。这种"文"大体上专指诗赋和骈体而言；但应用的骈体如章奏等，却不算在里头。汉代本已称诗赋为"文"，而以"文辞"或"文章"称记言、记事之作。骈体原也是些记言、记事之作，这时候却被提出一部分来，与诗赋并列在"文"的尊称之下，真是"附庸蔚为大国"了。

这时有两种新文体发展。一是佛典的翻译，一是群经的义疏。佛典翻译从前不是太直，便是太华；太直的不好懂，太华的简直是魏、晋人讲老、庄之学的文字，不见新义。这些译笔都不能做到"达"的地步。东晋时候，后秦主姚兴聘龟兹僧鸠摩罗什为国师，主持译事。他兼通华语及西域语；所译诸书，一面曲从华语，一面不失本旨。他的译笔可也不完全华化，往往有"天然西域之语趣"；他介绍的"西域之语趣"是华语所能容纳的，所以觉得"天然"。新文体这样成立在他的手里。但他的翻译虽能"达"，却还不能尽"信"，他对原文是不太忠实的。到了唐代的玄奘，更求精确，才能"信""达"兼尽，集佛典翻译的大成。这种新文体一面增扩了国语的词汇，也增扩了国语的句式。词汇的增扩，影响最大而易见，如现在口语里还用着的"因果""忏悔""刹那"等词，便都是佛典的译语。句式的增扩，直接的影响比较小些，但像文言里常用的"所以者何""何以故"等也都是佛典的译语。另一面，这种文体是"组织的，解剖的"。这直接影响了佛教徒的注疏和"科分"之学，间接影响了一般解经和讲学的人。

演释古人的话的有"故""解""传""注"等。用故事来说明或补充原文，叫做"故"。演释原来辞意，叫做"解"。但后来解释字句，也叫做"故"或"解"。"传"，转也，兼有"故""解"的各种意义。如《春秋左氏传》补充故事，兼阐明《春秋》辞意。《公羊传》、《穀梁传》只阐明《春秋》辞意——用的是问答式的记言。《易传》推演卦爻辞的意旨，也是铺排的记言。《诗毛氏传》解释字句，并给每篇诗作小序，阐明辞意。"注"原只解释字句，但后来也有推演辞意、补充故事的。用故事来说明或补充原文，以及一般地解释辞意、大抵明白易晓。《春秋》三传和《诗毛氏传》阐明辞意，却是断章取义，甚至断句取义，所以支离破碎，无中生有。注字句的本不该有大出入，但因对于辞意的见解不同，却取字义，也有各别的标准。注辞意的出入更大。像王弼注《周易》，实在是发挥老、庄的哲学；郭象注《庄子》，更是借了《庄子》发挥他自己的哲学。南北朝人作群经"义疏"，一面便是王弼等人的影响，一面也是翻译文体的间接影响。这称为"义疏"之学。

汉、晋人作群经的注，注文简括，时代久了，有些便不容易通晓。南北朝人给这些注作解释，也是补充材料，或推演辞意。"义疏"便是这个。无论补充或推演，都得先解剖文义；这种解剖必然地比注文解剖经文更精细一层。这种精细的却不算是破坏的解剖，似乎是佛典翻译的影响。就中推演辞意的有些也只发挥老、庄之学，虽然也是无中生有，却能自成片段，便比汉人的支离破碎进步。这是王弼等人的衣钵，也是魏、晋以来哲学发展的表现。这是又一种新文体的分化。到了唐修《五经正义》，削去玄谈，力求切实，只以疏明注义为重。解剖字句的工夫，至此而极详。宋人所谓"注疏"的文体，便成立在这时代。后来清代的精详的考证文，就是从这里变化出来的。

不过佛典只是佛典，义疏只是义疏，当时没有人将这些当作"文"的。"文"只用来称"沈思翰藻"的作品。但"沈思翰藻"的"文"，渐渐有人嫌"浮""艳"了。"浮"是不直说，不简截说的意思。"艳"正是隋代李谔《上文帝书》中所指斥的："连篇累牍，不出月露之形；积案盈箱，唯是风云之状。"那时北周的苏绰是首先提倡复古的人，李谔等纷纷响应。但是他们都没有找到路子，死板地模仿古人到底是行不通的。唐初，陈子昂提倡改革文体，和者尚少。到了中叶，才有一班人"宪章六艺，能探古人述作之旨"。而元结、独孤及、梁肃最著。他们作文，主于教化，力避排偶，辞取朴拙。但教化的观念，广泛难以动众，而关于文体，他们不曾积极宣扬，因此未成宗派。开宗派的是韩愈。

韩愈，邓州南阳（今河南南阳）人。唐宪宗时，他做刑部侍郎，因谏迎佛骨被贬；后来官至吏部侍郎，所以称为韩吏部。他很称赞陈子昂、元结复古的功劳，又曾请教过梁肃、独孤及。他的脾气很坏，但提携后进，最是热肠。当时人不愿为师，以避标榜之名；他却不在乎，大收其弟子。他可不愿做章句师，他说师是"传道授业解惑"的。他实在是以文辞为教的创始者。他所谓"传道"，便是传尧、舜、禹、汤、文、武、周公、孔子、孟子的道；所谓"解惑"，便是排斥佛、老。他是以继承孟子自命的；他排佛、老，正和孔子拒杨、墨一样。当时佛、老的势力极大，他敢公然排斥，而且因此触犯了皇帝。这自然足以惊动一世。他并没有传了什么新的道，却指示了道统，给宋儒开了先路。他的重要贡献，还在他所提倡的"古文"上。

他说他作文取法《尚书》、《春秋》、《左传》、《周易》、《诗经》以及《庄子》、《楚辞》、《史记》、扬雄、司马相如等。《文选》所不收的经、子、史，他都排进"文"里去。这是一个大改革、大解放。他这样建立起文统来。但他并不死板地复古，而以变古为复古。他说，"惟古于辞必己出，降而不能乃剽贼"，又说，"惟陈言之务去，戛戛乎其难哉"；他是在创造新语。他力求以散行的句子换去排偶的句子，句逗总弄得参参差差的。但他有他的标准，那就是"气"。他说，"气盛则言之短长与声之高下者皆宜"；"气"就是自然的语气，也就是自然的音节。他还不能跳出那定体"雅言"的圈子而采用当时的白话；但有意地将白话的自然音节引到文里去，他是第一个人。在这一点上，所谓"古文"也是不"古"的；不过他提出"语气流畅"（气盛）这个标准，却给后进指点了一条明路。他的弟子本就不少，再加上私淑的，都往这条路上走，文体于是乎大变。这实在是新体的"古文"，宋代又称为"散文"——算成立在他的手里。

柳宗元与韩愈，宋代并称；他们是好朋友。柳作文取法《书》、《诗》、《礼》、《春秋》、《易》，以及《穀梁》、《孟》、《荀》、《庄》、《老》、《国语》《离骚》《史记》，也将经、子、史排在"文"里，和韩的文统大同小异。但他不敢为师，"摧陷廓清"的劳绩，比韩差得多。他的学问见解，却在韩之上，并不墨守儒言。他的文深幽精洁，最工游记；他创造了描写景物的新语。韩愈的门下有难易两派。爱易派主张新而不失自然，李翱是代表。爱难派主张新就不妨奇怪，皇甫湜是代表。当时爱难派的流传盛些。他们矫枉过正，语艰意奥，扭曲了自然的语气、自然的音节，僻涩诡异，不易读诵。所以唐末宋初，骈体文又回光返照了一下。雕琢的骈体文和僻涩的古文先后盘踞着宋初的文坛。直到欧阳修出来，才又回到韩愈与李翱，走上平正通达的古文的路。

韩愈抗颜为人师而提倡古文，形势比较难；欧阳修居高位而提倡古文，形势比较容易。明代所称唐宋八大家，韩、柳之外，六家都是宋人。欧阳修为首；以下是曾巩、王安石、苏洵和他的儿子苏轼、苏辙。曾巩、苏轼是欧阳修的门生；别的三个也都是他提拔的。他真是当时文坛的盟主。韩愈虽然开了宗派，却不曾有意地立宗派；欧、苏是有意地立宗派。他们虽也提倡道，但只促进了并且扩大了古文的发展。欧文主自然。他所作纡徐曲折，而能条达疏畅，无艰难劳苦之态；最以言情见长，评者说是从《史记》脱化而出。曾学问有根柢，他的文确实而谨严；王是政治家，所作以精悍胜人。三苏长于议论，得力于《战国策》、《孟子》；而苏轼才气纵横，并得力于《庄子》。他说他的文"随物赋形"，"常行于所当行，常止于不可不止"；又说他意到笔随，无不尽之处。这真是自然的极致了。他的文，学的人最多。南宋有"苏文熟，秀才足"的俗谚，可见影响之大。

欧、苏以后，古文成了正宗。辞赋虽还算在古文里头，可是从辞赋出来的骈体却只拿来作应用文了。骈体声调铿锵，便于宣读，又可铺张词藻不着边际，便于酬酢，作应用文是很相宜的。所以流传到现在，还没有完全死去。但中间却经过了散文化，自从唐代中叶的陆贽开始。他的奏议切实恳挚，绝不浮夸，而且明白晓畅，用笔如舌。唐末骈体的应用文专称"四六"，却更趋雕琢；宋初还是如此。转移风气的也是欧阳修。他多用虚字和长句，使骈体稍稍近于语气之自然。嗣后群起仿效，散文化的骈文竟成了定体了。这也是古文运动的大收获。

唐代又有两种新文体发展。一是语录，一是"传奇"，都是佛家的影响。语录起于禅宗。禅宗是革命的宗派，他们只说法而不著书。他们大胆地将师父们的话参用当时的口语记下来。后来称这种体制为语录。他们不但用这种体制纪录演讲，还用来通信和讨论。这是新的记言的体制，里面夹杂着"雅言"的译语。宋儒讲学，也采用这种记言的体制，不过不大夹杂译语。宋儒的影响究竟比禅宗大得多，语录体从此便成立了，盛行了。传奇是有结构的小说。从前只有杂录或琐记的小说，有结构的从传奇起头。传奇记述艳情，也记述神怪；但将神怪人情化。这里面描写的人生，并非全是设想，大抵还是以亲切的观察作底子。这开了后来佳人才子和鬼狐仙侠等小说的先路。它的来源一方面是俳谐的辞赋，一方面是翻译的佛典故事；佛典里长短的寓言所给予的暗示最多。当时文士作传奇，原来只是向科举的主考官介绍自己的一种门路。当时应举的人在考试之前，得请达官将自己姓名介绍给主考官；自己再将文章呈给主考官看。先呈正经文章，过些时再呈杂文如传奇等，传奇可以见史才、诗、笔、议论，人又爱看，是科举的很好媒介。这样，作者便日见其多了。

到了宋代，又有"话本"。这是白话小说的老祖宗。话本是"说话"的底本；"说话"略同后来的"说书"，也是佛家的影响。唐代佛家向民众宣讲佛典故事，连说带唱，本子夹杂"雅言"和口语，叫做"变文"；"变文"后来也有说唱历史故事及社会故事的。"变文"便是"说话"的源头；"说话"里也还有演说佛典这一派。"说话"是平民的艺术；宋仁宗很爱听，以后便成为专业，大流行起来了。这里面有说历史故事的，有说神怪故事的，有说社会故事的。"说话"渐渐发展，本来由一个或几个同类而不相关联的短故事，引出一个同类而不相关联的长故事的，后来却能将许多关联的故事组织起来，分为"章回"了，这是体制上一个大进步。

话本留存到现在的已经很少，但还足以见出后世的几部小说名著，如元罗贯中的《三国志演义》，明施耐庵的《水浒传》，吴承恩的《西游记》，都是从话本演化出来的；不过这些已是文人的作品，而不是话本了。就中《三国志演义》还夹杂着"雅言"，《水浒传》和《西游记》便都是白话了。这里除《西游记》以设想为主外，别的都可以说是写实的。这种写实的作风在清代曹雪芹的《红楼梦》里得着充分的发展。《三国志演义》等书里的故事虽然是关联的，却不是联贯的。到了《红楼梦》，组织才更严密了；全书只是一个家庭的故事。虽然包罗万有，而能"一以贯之"。这不但是章回小说，而且是近代所谓"长篇小说"了，白话小说到此大成。

明代用八股文取士，一般文人都镂心刻骨的去简炼揣摩，所以极一代之盛，"股"是排偶的意思；这种体制，中间有八排文字互为对偶，所以有此称。——自然也有变化，不过"八股"可以说是一般的标准。——又称为"'四书'文"，因为考试里最重要的文字、题目都出在"四书"里。又称为"制艺"，因为这是朝廷法定的体制。又称为"时文"，是对古文而言。八股文也是推演经典辞意的；它的来源，往远处说，可以说是南北朝义疏之学，往近处说，便是宋元两代的经义。但它的格律，却是从"四六"演化的。宋代定经义为考试科目，是王安石的创制；当时限用他的群经"新义"，用别说的不录；元代考试，限于"四书"，规定用朱子的章句和集注。明代制度，主要的部分也是如此。

经义的格式，宋末似乎已有规定的标准，元明两代大体上递相承袭。但明代有两种大变化：一是排偶，一是代古人语气。因为排偶，所以讲究声调。因为代古人语气，便要描写口吻；圣贤要像圣贤口吻，小人要像小人的。这是八股文的仅有的本领，大概是小说和戏曲的不自觉的影响。八股文格律定得那样严，所以得简炼揣摩，一心用在技巧上。除了口吻、技巧和声调之外，八股文里是空洞无物的。而因为那样难，一般作者大都只能套套滥调，那真是"每下愈况"了。这原是君主牢笼士人的玩艺儿，但它的影响极大；明清两代的古文大家几乎没有一个不是八股文出身的。

清代中叶，古文有桐城派，便是八股文的影响。诗人作家自己标榜宗派，在前只有江西诗派，在后只有桐城文派。桐城派的势力，绵延了二百多年，直到民国初期还残留着；这是江西派比不上的。桐城派的开山祖师是方苞，而姚鼐集其大成。

他们都是安徽桐城人，当时有"天下文章在桐城"的话，所以称为桐城派。方苞是八股文大家。他提倡归有光的文章，归也是明代八股文兼古文大家。方是第一个提倡"义法"的人。他论古文以为"六经"和《论语》、《孟子》是根源，得其支流而义法最精的是《左传》、《史记》；其次是《公羊传》、《穀梁传》、《国语》、《国策》，两汉的书和疏，唐宋八家文——再下怕就要数到归有光了。这是他的，也是桐城派的，文统论。"义"是用意，是层次；"法"是求雅、求洁的条目。雅是纯正不杂，如不可用语录中语、骈文中丽语、汉赋中板重字法、诗歌中俊语，《南史》《北史》中佻巧语以及佛家语。后来姚鼐又加上注疏语和尺牍语，洁是简省字句。这些"法"其实都是从八股文的格律引申出来的。方苞论文，也讲"阐道"；他是信程朱之学的，不过所入不深罢了。

方苞受八股文的束缚太甚，他学得的只是《史记》、欧、曾、归的一部分，只是严整而不雄浑，又缺乏情韵。姚鼐所取法的还是这几家，虽然也不雄浑，却能"迂回荡漾，余味曲包"，这是他的新境界。《史记》本多含情不尽之处，所谓远神的。欧文颇得此味，归更向这方面发展——最善述哀，姚简直用全力揣摩。他的老师刘大櫆指出作文当讲究音节，音节是神气的迹象，可以从字句下手。姚鼐得了这点启示，便从音节上用力，去求得那绵邈的情韵。他的文真是所谓"阴与柔之美"。他最主张诵读，又最讲究虚助字，都是为此。但这分明是八股文讲究声调的转变。刘是雍正副榜，姚是乾隆进士，都是用功八股文的。当时汉学家提倡考据，不免繁琐的毛病。姚鼐因此主张义理、考据、词章三端相济，偏废的就是"陋"儒。但他的义理不深，考据多误，所有的还只是词章本领。他选了《古文辞类纂》；序里虽提到"道"，书却只成为古文的典范。书中也不选经子史；经也因为太尊，子史却因为太多。书中也选辞赋。这部选本是桐城派的经典，学文的必由于此，也只须由于此。方苞评归有光的文庶几"有序"，但"有物之言"太少。曾国藩评姚鼐也说一样的话，其实桐城派都是如此。攻击桐城派的人说他们空疏浮浅，说他们范围太窄，全不错；但他们组织的技巧，言情的技巧，也是不可抹杀的。

姚鼐以后，桐城派因为路太窄，渐有中衰之势。这时候仪征阮元提倡骈文正统论。他以《文选序》和南北朝"文""笔"

的分别为根据，又扯上传为孔子作的《易·文言传》。他说用韵用偶的才是文，散行的只是笔，或是"直言"的"言"，"论难"的"语"。古文以立意、记事为宗，是子史正流，终究与文章有别。《文言传》多韵语、偶语，所以孔子才题为"文"言。阮元所谓韵，兼指句末的韵与句中的"和"而言。原来南北朝所谓"文""笔"，本有两义："有韵为文，无韵为笔"，是当时的常言。——韵只是句末韵。阮元根据此语，却将"和"也算是韵，这是曲解一。梁元帝说有对偶、谐声调的抒情作品是文，骈体的章奏与散体的著述都是笔。阮元却只以散体为笔，这是曲解二。至于《文言传》，固然称"文"，却也称"言"，况且也非孔子所作——也更是附会了。他的主张虽然也有一些响应的人，但是不成宗派。

曾国藩出来，中兴了桐城派。那时候一般士人，只知作八股文；另一面汉学宋学的门户之争，却越来越利害，各走偏锋。曾国藩为补偏救弊起见，便就姚鼐义理、考据、词章三端相济之说加以发扬光大。他反对当时一般考证文的芜杂琐碎，也反对当时崇道贬文的议论，以为要明先王之道，非精研文字不可；各家著述的见道多寡，也当以他们的文为衡量的标准。桐城文的病在弱在窄，他却能以深博的学问、弘通的见识、雄直的气势，使它起死回生，他才真回到韩愈，而且胜过韩愈。他选了《经史百家杂钞》，将经史子也收入选本里，让学者知道古文的源流，文经的一贯，眼光便比姚鼐远大得多。他的幕僚和弟子板众，真是登高一呼，群山四应。这样延长了桐城派的寿命几十年。

但"古文不宜说理"，从韩愈就如此。曾国藩的力量究竟也没有能够补救这个缺陷于一千年之后。而海通以来，世变日亟，事理的繁复，有些决非古文所能表现。因此聪明才智之士渐渐打破古文的格律，放手作去。到了清末，梁启超先生的"新文体"可算登峰造极。他的文"时杂以俚语，韵语及外国语法，纵笔所至不检束，学者竞效之"。而"条理明晰，笔锋常带情感，对于读者，别有一种魔力"。但这种"魔力"也不能持久；中国的变化实在太快，这种"新文体"又不够用了。胡适之先生和他的朋友们这才起来提倡白话文，经过五四运动，白话文是畅行了。这似乎又回到古代言文合一的路，然而不然；这时代是第二回翻译的大时代，白话文不但不全跟着国语的口语走，也不全跟着传统的白话走，却有意地跟着翻译的白话走。这是白话文的现代化，也就是国语的现代化。中国一切都在现代化的过程中，语言的现代化也是自然的趋势，并不足怪的。

（附录）《唐诗三百首》指导大概

有些人生病的时候或烦恼的时候，拿过一本诗来翻读，偶尔也朗吟几首，便会觉得心上平静些，轻松些。这是一种消遣，但跟玩骨牌和纸牌等等不同，那些大概只是碰碰运气。跟读笔记一类书也不同，那些书可以给人新的知识和趣味，但不直接调平情感。读小说在这些时候大概只注意在故事上，直接调平情感的效用也不如诗。诗是抒情的，直接诉诸情感，又是节奏的，同时直接诉诸感觉，又是最经济的，语短而意长。具备这些条件，读了心上容易平静轻松，也是自然。自来说，诗可以陶冶性情，这句话不错。

但是诗决不只是一种消遣，正如笔记一类书和小说等不是的一样。诗调平情感，也就是节制情感。诗里的喜怒哀乐跟实生活里的喜怒哀乐不同，这是经过"再团再炼再调和"的。诗人正在喜怒哀乐的时候，决想不到作诗。必得等到他的情感平静了，他才会吟味那平静了的情感想到作诗；于是乎运思造句，作成他的诗，这才可以供欣赏。要不然，大笑狂号只教人心紧，有什么可欣赏的呢？读诗所欣赏的便是诗里所表现的那些平静了的情感。假如是好诗，说的即使怎样可气可哀，我们还是不厌百回读的。在实生活里便不然，可气可哀的事我们大概不愿重提。这似乎是有私、无私或有我无我的分别，诗里无我，实生活里有我。别的文学类型也都有这种情形，不过诗里更容易见出。读诗的人直接吟味那无我的情感，欣赏它的发而中节，自己也得到平静，而且也会渐渐知道节制自己的情感。一方面因为诗里的情感是无我的，欣赏起来得设身处地，替人着想。这也可以影响到性情上去。节制自己和替人着想这两种影响都可以说是人在模仿诗。诗可以陶冶性情，便是这个意思。所谓温柔敦厚的诗教，也只该是这个意思。

部定初中国文课程标准"目标"里有"养成欣赏文艺之兴趣"一项，略读教材里有"有注释之诗歌选本"一项。高中国文课程标准"目标"里又有"培养学生欣赏中国文学名著之能力"一项，关于略读教材也有"选读整部或选本之名著"的话。欣赏文艺，欣赏中国文学名著，都不能忽略读诗。读诗家专集

170

不如读歌选本，读选本虽只能"尝鼎一脔"，却能将各家各派鸟瞰一番；这在中学生是最适宜的，也最需要的。有特殊的选本，有一般的选本。按着特殊的作派选的是前者，按着一般的品味选的是后者。中学生不用说该读后者。《唐诗三百首》正是一般的选本。这部诗选很著名，流行最广，从前是家弦户诵的书，现在也还是相当普遍的书。但这部选本并不成为古典；它跟《古文观止》一样，只是当年的童蒙书，等于现在的小学用书。不过在现在的教育制度下，这部书给高中学生读才合式。无论它从前的地位如何，现在它却是高中学生最合式的一部诗歌选本。唐代是诗的时代，许多大诗家都在这时代出现，各种诗体也都在这时代发展。这部书选在清代中叶，入选的差不多都是经过一千多年淘汰的名作，差不多都是历代公认的好诗。虽然以明白易解为主，并限定诗篇的数目，规模不免狭窄些，却因此成为道地的一般的选本，高中学生读这部书，靠着注释的帮忙，可以吟味欣赏，收到陶冶性情的益处。

本书是清乾隆间一位别号"蘅塘退士"的人编选的。卷头有《题辞》，末尾记着"时乾隆癸未年春日，蘅塘退士题"。乾隆癸未是西元一七六三年，到现在快一百八十年了。有一种刻本"题"字下押了一方印章，是"孙洙"两字，也许是选者的姓名。孙洙的事迹，因为眼前书少，还不能考出、印证。这件事只好暂时存疑。《题辞》说明编选的旨趣，很简短，抄在这里：

世俗儿童就学，即授《千家诗》，取其易于成诵，故流传不废。但其诗随手掇拾，工拙莫辨。且止五七言律绝二体，而唐宋人又杂出其间，殊乖体制。因专就唐诗中脍炙人口之作，择其尤要者，每体得数十首，共三百余首，录成一编，为家塾课本。俾童而习之，白首亦莫能废。较《千家诗》不远胜耶？谚云："熟读唐诗三百首，不会作诗也会吟"，请以是编验之。

这里可见本书是断代的选本，所选的只是"唐诗中脍炙人口之作"，就是唐诗中的名作。而又只是"择其尤要者"，所以只有三百余首，实数是三百一十首。所谓"尤要者"大概着眼在陶冶性情上。至于以明白易解的为主，是"家塾课本"的当然，无须特别提及。本书是分体编的，所以说"每体得数十首"。引谚语一方面说明为什么只选三百余首。但编者显然同时在模仿"三百篇",《诗经》三百零五篇,连那有目无诗的篇算上,共三百一十一篇;本书三百一十首,决不是偶然巧合。编者是怕人笑他僭妄,所以不将这番意思说出。引谚语另一方面叫人熟读,学会吟诗。我们现在也劝高中学生熟读,熟读才真是吟味,才能欣赏到精微处。但现在却无须再学作旧体诗了。

本书流传既广,版本极多。原书有注释和评点,该是出于编者之手。注释只注事,颇简当,但不释义。读诗首先得了解诗句的文义;不能了解文义,欣赏根本说不上。书中各诗虽然比较明白易懂,又有一些注,但在初学还不免困难。书中的评,在诗的行旁,多半指点作法,说明作意,偶尔也品评工拙。点只有句圈和连圈,没有读点和密点——密点和连圈都表示好句和关键句,并用的时候,圈的比点的更重要或更好。评点大约起于南宋,向来认为有伤雅道,因为妨碍读者欣赏的自由,而且免不了成见或偏见。但是谨慎的评点对于初学也未尝没有用处。这种评点可以帮助初学了解诗中各句的意旨并培养他们欣赏的能力。本书的评点似乎就有这样的效用。

但是最需要的还是详细的注释。道光间,浙江省建德县

（？）人章燮鉴于这个需要，便给本书作注，成《唐诗三百首注疏》一书。他的自跋作于道光甲午，就是西元一八三四年，离蘅塘退士题辞的那年是七十一年。这注本也是"为家塾子弟起见"，很详细。有诗人小传，有事注，有意疏，并明作法，引评语；其中李白诗用王琦《李太白集注》，杜甫诗用仇兆鳌《杜诗详注》。原书的旁评也留着，但连圈没有——原刻本并句圈也没有。书中还增补了一些诗，却没有增选诗家。以注书的体例而论，这部书可以说是驳杂不纯，而且不免繁琐、疏漏、附会等毛病。书中有"子墨客卿"（名翰，姓不详）的校正语十来条，都确切可信。但在初学，这却是一部有益的书。这部书我只见过两种刻本：一种是原刻本；另一种是坊刻本，四川常见。这种刻本有句圈，书眉增录各家评语，并附道光丁酉（西元一八三七）印行的江苏金坛于庆元的《续选唐诗三百首》。读《唐诗三百首》用这个本子最好。此外还有商务印书馆铅印本《唐诗三百首》，根据蘅塘退士的原本而未印评语。又，世界书局石印《新体广注唐诗三百首读本》，每诗后有"注释"和"作法"两项。"注释"注事比原书详细些；兼释字义，却间有误处。"作法"兼说明作意，还得要领。卷首有"学诗浅说"，大致简明可看。书中只绝句有连圈，别体只有句圈；绝句连圈处也跟原书不同，似乎是抄印时随手加上，不足凭信。

本书编配各体诗，计五言古诗三十三首、乐府七首，七言古诗二十八首、乐府十四首，五言律诗八十首，七言律诗五十首、乐府一首，五言绝句二十九首、乐府八首，七言绝句五十一首、乐府九首，共三百一十首。五言古诗和乐府，七言古诗和乐府，两项总数差不多。五言律诗的数目超出七言律诗和乐府很多；七言绝句和乐府却又超出五言律诗和乐府很多。这不是编者的偏好，是反映着唐代各体诗发展的情形。五言律诗和七言绝句作的多，可选的也就多。这一层下文还要讨论。五、七、古、律、绝的分别都在形式，乐府是题材和作风不同。乐府也等下文再论，先说五七古律绝的形式。这些又大别为两类：古体诗和近体诗。五七言古诗属于前者，五、七言律、绝属于后者。所谓形式，包括字数和声调（即节奏），律诗再加上对偶一项。五言古诗全篇五言句，七言古诗或全篇七言句，或在七言句当中夹着一些长短句。如李白《庐山谣》开端道：

我本楚狂人，凤歌笑孔丘。

手持绿玉杖，朝别黄鹤楼。

五岳寻仙不辞远，一生好入名山游。


又如他的《宣州谢脁楼饯别校书叔云》开端道：


弃我去者昨日之日不可留，

乱我心者今日之日多烦忧。

长风万里送秋雁，对此可以酣高楼。


这些都是五七言古诗。五七古全篇没有一定的句数。古、近体诗都得用韵，通常两句一韵，押在双句末字；有时也可以一句一韵，开端时便多如此。上面引的第一例里"丘""楼""游"是韵，两句间见；第二例里"留"和"忧"是逐句韵，"忧"和"楼"是隔句韵。古体诗的声调比较近乎语言之自然，七言更其如此，只以读来顺口听来顺耳为标准。但顺口顺耳跟着训练的不同而有等差，并不是一致的。

近体诗的声调却有一定的规律；五七言绝句还可以用古体诗的声调，律诗老得跟着规律走。规律的基础在字调的平仄，

字调就是平上去入四声，上去入都是仄声。五七言律诗基本的
平仄式之一如次：


五律


仄仄平平仄　　平平仄仄平

平平平仄仄　　仄仄仄平平

仄仄平平仄　　平平仄仄平

平平平仄仄　　仄仄仄平平


七律


平平仄仄仄平平　　仄仄平平仄仄平

仄仄平平平仄仄　　平平仄仄仄平平

平平仄仄平平仄　　仄仄平平仄仄平

仄仄平平平仄仄　　平平仄仄仄平平

即使不懂平仄的人也能看出律诗是两组重复、均齐的节奏所构成，每组里又自有对称、重复、变化的地方。节奏本是异中有同，同中有异，律诗的平仄式也不外这个理。即使不懂平仄的人只默诵或朗吟这两个平仄式，也会觉得顺口顺耳；但这种顺口顺耳是音乐性的，跟古体诗不同，正和语言跟音乐不同一样。律诗既有平仄式，就只能有八句，五律是四十字，七律是五十六字——排律不限句数，但本书里没有。绝句的平仄式照律诗减半——七绝照七律的前四句——，就是只有一组节奏。这里所举的平仄式只是最基本的，其中有种种重复的变化。懂得平仄的自然渐渐便会明白。不懂平仄的，只要多读，熟读，多朗吟，也能欣赏那些声调变化的好处，恰像听戏多的人不懂板眼也能分别唱的好坏，不过不大精确就是了。四声中国人人语言中有，但要辨别某字是某声，却得受过训练才成。从前的训练是对对子跟读四声表，都在幼小的时候。现在高中学生不能辨别四声也就是不懂平仄的，大概有十之八九。他们若愿意懂，不妨试读四声表。这只消从《康熙字典》卷首附载的《等韵切音指南》旦选些容易读的四声如"巴把霸捌""庚梗更格"之类，得闲就练习，也许不难一旦豁然贯通。（中华书局出版

178

的《学诗入门》里有一个四声表，似乎还容易读出，也可用。)律诗还有一项规律，就是中四句得两两对偶，这层也在下文论。

初学人读诗，往往给典故难住。他们一回两回不懂，便望而生畏，因畏而懒；这会断了他们到诗去的路。所以需要注释。但典故多半只是历史的比喻和神仙的比喻；用典故跟用比喻往往是一个理，并无深奥可畏之处。不过比喻多取材于眼前的事物，容易了解些罢了。广义的比喻连典故在内，是诗的主要的生命素；诗的含蓄，诗的多义，诗的暗示力，主要的建筑在广义的比喻上。那些取材于经验和常识的比喻——一般所谓比喻只指这些——，可以称为事物的比喻，跟历史的比喻、神仙的比喻是鼎足而三。这些比喻（广义，后同）都有三个成分：一、喻依，二、喻体，三、意旨。喻依是作比喻的材料，喻体是被比喻的材料，意旨是比喻的用意所在。先从事物的比喻说起。如"天边树若荠"（五古，孟浩然，《秋登兰山寄张五》），荠是喻依，天边树是喻体，登山望远树，只如荠菜一般，只见树的小和山的高，是意旨。意旨却没有说出。又，"今朝此为别，何处还相遇？世事波上舟，沿洄安得住！"（五古，韦应物，《初发扬子寄元大校书》)世事是喻体，沿洄不得住的波上舟是喻依，惜别难留是意旨——也没有明白说出。又，"吴姬压酒劝客尝"（七古，李白，《金陵酒肆留别》），当垆是喻体，压酒是喻依，压酒的"压"和所谓"压装"的"压"用法一样，压酒是使酒的分量加重，更值得"尽觞"（原诗，"欲行不行各尽觞"）。吴姬当垆，助客酒兴是意旨。这里只说出喻依。又，"辞严义密读难晓，字体不类隶与蝌。年深岂免有缺画？快剑斫断生蛟鼍。鸾翔凤翥众仙下，珊瑚碧树交枝柯，金绳铁索锁纽壮，古鼎跃水龙腾梭。"（七古，韩愈，《石鼓歌》）"快剑"以下五句都是描写石鼓的字体的。这又分两层。第一，专描写残缺的字。缺画是喻体，"快剑"句是喻依，缺画依然劲挺有生气是意旨。第二，描写字体的一般。字体便是喻体，"鸾翔"以下四句是五个喻依——"古鼎跃水"跟"龙腾梭"各是一个喻依。意旨依次是隽选，典丽，坚壮，挺拔——末两个喻依只一个意旨——，都指字体而言，却都未说出。又，"大弦嘈嘈如急雨，小弦切切如私语；嘈嘈切切错杂弹，大珠小珠落玉盘。间关莺语花底滑，幽咽泉流冰下难"（原作"水下滩"，依段玉裁说改——七古，白居易，《琵琶行》）。这几句都描写琵琶的声音。大弦嘈嘈跟小弦切切各是喻体，急雨跟私语各是喻依，意旨一个是高而急，一个是低而急。"嘈嘈"句又是喻体，"大珠"句是喻依，圆润是意旨。"间关"二句各是一个喻依，喻体是琵琶的声音；前者的意旨是明滑，后者是幽涩。头两层的意旨未说出，这一层喻体跟意旨都未说出。事物的比喻虽然取材于经验和常识，却得新鲜，才能增强情感的力量；这需要创造的工夫。新鲜还得入情入理，才能让读者消化；这需要雅正的品味。

有时全诗是一套事物的比喻，或者一套事物的比喻渗透在全诗里。前者如朱庆余《近试上张水部》：

> 洞房昨夜停红烛，
>
> 待晓堂前拜舅姑。
>
> 妆罢低声问夫婿，
>
> "画眉深浅入时无？"（七绝）

唐代士子应试，先将所作的诗文呈给在朝的知名人看。若得他赞许宣扬，登科便不难。宋人诗话里说，"庆余遇水部郎中张籍，因索庆余新旧篇什，寄之怀袖而推赞之，遂登科"。这首诗大概就是呈献诗文时作的。全诗是新嫁娘的话，她在拜舅姑以前问夫婿，画眉深浅合式否？这是喻依。喻体是近试献诗文给人，朱庆余是在应试以前问张籍，所作诗文合式否？新嫁娘问画眉深浅，为的请夫婿指点，好让舅姑看得入眼。朱庆余问诗文合式与否，为的请张籍指点，好让考官看的入眼。这是全诗的主旨。又，骆宾王《在狱咏蝉》：

> 西陆蝉声唱，南冠客思深。
>
> 不堪玄鬓影，来对白头吟。
>
> 露重飞难进，风多响易沉。
>
> 无人信高洁，谁为表予心！ （五律）

这是闻蝉声而感身世。蝉的头是黑的，是喻体，玄鬓影是喻依，意旨是少年时不堪回首。"露重"一联是蝉，是喻依，喻体是自己，身微言轻是意旨。诗有长序，序尾道："庶情沿物应，衰弱羽之飘零，道寄人知，悯余声之寂寞。"正指出这层意旨。"高洁"是蝉，也是人，是自己；这个词是双关的，多义的。又，杜甫《古柏行》（七古）咏夔州武侯庙和成都武侯祠的古柏，作意从"君臣已与时际会，树木犹为人爱惜"二语见出。篇末道：

> 大厦如倾要梁栋，万牛回首丘山重。
>
> 不露文章世已惊，未辞翦伐谁能送？
>
> 苦心岂免容蝼蚁？香叶终经宿鸾凤。
>
> 志士幽人莫怨嗟，古来材大难为用。

　　大厦倾和梁栋虽已成为典故，但原是事物的比喻。两者都是喻依。前者的喻体是国家乱；大厦倾会压死人，国家乱人民受难，这是意旨。后者的喻体是大臣，梁栋支柱大厦，大臣支持国家，这是意旨。古柏是栋梁材，虽然"不露文章世已惊"，也乐意供世用，但是太重了，太大了，谁能送去供用呢？无从供用，渐渐心空了，蚂蚁爬进去了；但是"香叶终经宿鸾凤"，它的身分还是高的。这是喻依。喻体是怀才不遇的志士幽人。志士幽人本有用世之心，但是才太大了，无人真知灼见，推荐入朝。于是贫贱衰老，为世人所揶揄，但是他们的身份还是高的。这是材大难为用，是意旨。

　　典故只是故事的意思。这所谓故事包罗的却很广大。经史子集等等可以说都是的；不过诗文里引用，总以常见的和易知的为主。典故有一部分原是事物的比喻，有一部分是事迹，另一部分是成辞。上文说典故是历史的比喻和神仙的比喻，是专从诗文的一般读者着眼，他们觉得诗文里引用史事和神话或神仙故事的地方最困难。这两类比喻都应该包括着那三部分。如前节所引《古柏行》里的"大厦如倾要梁栋"，"大厦之倾，非一木所支"，见《文中子》；"栝柏豫章虽小，已有栋梁之器"，是袁粲叹美王俭的话，见《晋书》。大厦倾和梁栋都是历史的比喻，同时可还是事物的比喻。又，"乾坤日夜浮"（五律，杜甫，《登岳阳楼》）是用《水经注》。《水经注》道："洞庭湖广五百里，日月若出没其中。"乾坤是喻体，日夜浮是喻依。天地中间好像只有此湖；湖盖地，天盖湖，天地好像只是日夜飘浮在湖里。洞庭湖的广大是意旨。又，"古调虽自爱，今人多不弹"（五绝，刘长卿，《弹琴》），用魏文侯听古乐就要睡觉的话，见《礼记》。两句是喻依，世人不好古是喻体，自己不合时宜是意旨。这三例不必知道出处便能明白；但知道出处，句便多义，诗味更厚些。

　　引用事迹和成辞不然，得知道出处，才能了解正确。如"圣代无隐者，英灵尽来归。遂令东山客，不得顾采薇。"（五古，王维，《送綦毋潜落第还乡》）谢安曾隐居会稽东山，东山客是喻依，喻体是綦毋潜，意旨是大才隐处。采薇是伯夷、叔齐的故事，他们义不食周粟，隐于首阳山，采薇而食。采薇是喻依，隐居是喻体，自甘淡泊是意旨。又，"客心洗流水"（五律，李白，《听蜀僧濬弹琴》），流水用俞伯牙、钟子期的故事，俞伯牙弹琴，志在流水。钟子期就听出了，道："洋洋乎，若江河！"诗句是倒装，原是说流水洗客心。流水是喻依，喻体是蜀僧濬的琴曲，意旨是曲调高妙。洗流水又是双关的，多义的。洗是喻依，净是喻体，高妙的琴曲涤净客心的俗虑的意旨。洗流水又是喻依，喻体是客心；听琴而客心清净，像流水洗过一般，是意旨。又，钱起《送僧归日本》（五律）道："……浮天沧海远，去世法舟轻。……惟怜一灯影，万里眼中明。"一灯影用《维摩经》。经里道："有法门，名无尽灯。譬如一灯燃百千灯，冥者皆明，明终不尽。夫一菩萨开导千百众生，令发阿耨多罗三藐三菩提心（译言"无上正等正觉心"），其于道意亦不灭尽。是名无尽灯。"这儿一灯是喻依，喻体是觉者；一灯燃千百灯，一觉者造成千百觉者，道意不灭是意旨。但在诗句里，一灯影却指舟中禅灯的光影，是喻依，喻体是那日本僧，意旨是他可国传法，辗转无尽。——"惟怜"是"最爱"的意思。又，"后来鞍马何逡巡，当轩下马入锦茵。杨花雪落覆白蘋，青鸟飞去衔红巾。炙手可热势绝伦，慎莫近前丞相嗔！"（七言乐府，杜甫，《丽人行》）全诗咏三月三日长安水边游乐的情形，以杨国忠兄妹为主。诗中上文说到虢国夫人和秦国夫人，这几句说到杨国忠——他那时是丞相。"杨花"二语正是暮春水边的景物。但是全诗里只在这儿插入两句景语，奇特的安排暗示别有用意。北魏胡太后私通杨华作《杨白花歌辞》，有"杨花飘荡落南家"，"愿衔杨花入窠里"等语。白蘋，旧说是杨花入水所化。杨国忠也和虢国夫人私通。"杨花"句一方面是个喻依，喻体便是这件事实。杨国忠兄妹相通，都是杨家人，所以用杨花覆白蘋为喻，暗示讥刺的意旨。青鸟是西王母传书带信的侍者。当时总该有些侍婢是给那兄妹二人居间。"青鸟"句一方面也是喻依，喻体便是这些居间的侍婢，意旨还是讥刺杨国忠不知耻。青鸟是神仙的比喻。这两句隐约其辞，虽志在讥刺，而言之者无罪。又杜甫《登楼》

（七律）：

> 花近高楼伤客心，万方多难此登临。
>
> 锦江春色来天地，玉垒浮云变古今。
>
> 北极朝廷终不改，西山寇盗莫相侵。
>
> 可怜后主还祠庙，日暮聊为《梁父吟》。

旧注说本诗是代宗广德二年在成都作。元年冬，吐蕃陷京师，郭子仪收复京师，请代宗反正。所以有"北极"二句。本篇组织用赋体，以四方为骨干。锦江在东，玉垒山在西，"北极"二句是北眺所思。当时后主附祀先主庙中，先主庙在成都城南。"可怜"二句正是南瞻所感（罗庸先生说，见《国文月刊》九期）。可怜后主还有祠庙，受祭享；他信任宦官，终于亡国，辜负了诸葛亮出山一番。《三国志》里说"亮躬耕陇亩，好为《梁父吟》"，《梁父吟》的原辞不传（流传的《梁父吟》决不是诸葛亮的《梁父吟》），大概慨叹小人当道。这二语一方面又是喻依，喻体是代宗和郭子仪；代宗也信任宦官，杜甫希望他"亲贤臣，远小人"（诸葛亮《出师表》中语），这是意旨。

"日暮"句又是一喻依，喻体是杜甫自己；想用世是意旨。又，"今朝郡斋冷，忽念山中客。洞底束荆薪，归来煮白石"（五古，韦应物，《寄全椒山中道士》），煮白石用鲍靓事。《晋书》："靓学兼内外，明天文河洛书。尝入海，遇风。饥甚，取白石煮食之。"煮白石是喻依，喻体是那山中道士，他的清苦生涯是意旨。这也是神仙的比喻。又，"总为浮云能蔽日，长安不见使人愁"（七律，李白，《登金陵凤凰台》），两句一贯，思君的意思似甚明白。但乐府《古杨柳行》道，"谗邪害公正，浮云冷白日"，古句也道，"浮云蔽白日，游子不顾反"，本诗显然在引用成辞。陆贾《新语》说："邪官之蔽贤，犹浮云之障日月。"本诗的"浮云能蔽日"一方面也是喻依，喻体大概是杨国忠等遮塞贤路。意旨是邪臣蔽君误国；所以有"长安"句。历史的比喻和神仙的比喻引用故事，得增减变化，才能新鲜入目。宋人所谓"以旧为新"，便是这意思。所引各例可见。

典故渗透全诗的，如孟浩然《临洞庭上张丞相》（五律）：

八月湖水平，涵虚混太清。

气蒸云梦泽，波撼岳阳城。

欲济无舟楫，端居耻圣明。

坐观垂钓者，徒有羡鱼情。


张丞相是张九龄，那里在荆州。前四语描写洞庭湖，三四是名句。后四语蝉联而下，还是就湖说，只"端居"句露出本意，这一语便是《论语》"邦有道，贫且贱焉，耻也"的意思。"欲济"句一方面说想渡湖上荆州去，却没有船，一方面是一喻依。伪《古文尚书·说命》殷高宗命傅说道，若济巨川，"用汝作舟楫"。本诗用这喻依，喻体却是欲用世而无引进的人，意旨是希望张丞相援手。"坐观"二语是一喻依。《汉书》用古人语，"临渊羡鱼，不如退而结网"。本诗里网变为钓。这一联的喻体是羡人出仕而得行道。自己无钓具，只好羡人家钓得鱼，自己不得仕，只好羡人家行道。意旨同上。

全诗用典故最多的，本书中推杜甫《寄韩谏议注》一首(七古)：


今我不乐思岳阳，身欲奋飞病在床。

美人娟娟隔秋水，濯足洞庭望八荒。

鸿飞冥冥日月白，青枫叶赤天雨霜。

玉京群帝集北斗，或骑麒麟翳凤凰。

芙蓉旌旗烟雾落，影动倒景摇潇湘。

星宫之君醉琼浆，羽人稀少不在旁。

似闻昨者赤松子，恐是汉代韩张良。

昔随刘氏定长安，帷幄未改神惨伤。

国家成败吾岂敢，色难腥腐餐枫香。

周南留滞古所惜，南极老人应寿昌。

美人胡为隔秋水！焉得置之贡玉堂！


　　韩谏议的名字、事迹无考。从诗里看，他是楚人，住在岳
阳。肃宗平定"安史之乱"，收复东西京，他大约也是参与机
密的一人。后来去官归隐，修道学仙。这首诗是爱惜他，思念
他。第一节说思念他，是秋日，自己是在病中。"美人"这喻
依见《楚辞》，但在这儿喻体是韩谏议，意旨是他的才能出众。
"鸿飞冥冥，弋人何篡焉！"见扬雄《法言》。这儿一方面描
写秋天的实景，一方面是喻依；喻体还是韩谏议，意旨是他已
逃出世网。第二节说京师贵官声势煊赫，而韩谏议不在朝。本
节差不多全是神仙的比喻，各有来历。"玉京"句一喻依，喻

体是集于君侧的朝廷贵官，意旨是他们承君命掌大权。"或骑"二语一套喻依——"烟雾落"就是落在烟雾中，喻体同上句，意旨是他们的骑从仪卫之盛。影是芙蓉旌旗的影。"影动"句一喻依，喻体是声势煊赫，从京师传遍天下；意旨是在潇湘的韩谏议也必闻知这种声势。"星宫之君"就是玉京群帝，醉琼浆的喻体是宴饮，意旨是征逐酒食。"羽人"是飞仙，羽人稀少就是稀少的羽人；全句一喻依，喻体是一些远隐的臣僚不在这繁华场中，意旨是韩谏议没有分享到这种声势。第三节说韩谏议曾参与定乱收京大计，如今却不问国事，修道学仙。全节是神仙的比喻夹着历史的比喻。"昨者"是从前的意思。如今的赤松子，昨者"恐是汉代韩张良"。韩张良的跟赤松子的喻体都是韩谏议，前者的意旨是他有谋略，后者的意旨是他修道学仙。别的喻依可以准此类推下去。第四节说他闲居不出很可惜，祝他老寿，希望朝廷再起用他来匡君济世。太史公司马谈因病留滞周南，不得参与汉武帝的封禅大典，引为平生恨事。诗中"周南留滞"是喻依，喻体是韩谏议，意旨是他闲居乡里。"南极老人"就是寿星，是喻依，喻体同，意旨便是"应寿昌"。以上只阐明大端，细节从略。

诗和文的分别，一部分是在词句篇段的组织上，诗的组织比文的组织要经济些。引用比喻或典故，一个原因便是求得经济的组织。在旧体诗里，有字数、声调、对偶等制限，有时更不得不铸造一些特别经济的组织来适应。这种特殊的组织在文里往往没有，至少不常见。初学遇到这种地方也感困难，或误解，或竟不懂。这得去看详细的注释。但读诗多了，常常比较着看，也可明白。这种特殊的组织也常利用比喻或典故组成，那便更复杂些。如刘长卿《送李中丞归汉阳别业》（五律）：

> 流落征南将，曾驱十万师。
>
> 罢归无旧业，老去恋明时。
>
> 独立三边静，轻生一剑知。
>
> 茫茫江汉上，日暮欲何之！

"轻生一剑知"就是一剑知轻生的意思；"轻生"是说李中丞作征南将时不顾性命杀敌人。"一剑知"就是自己知；剑是杀敌所用，是自己的一部分，部分代全体是修辞格之一。自己知又有两层用意：一是问心无愧，忠可报君，二是只有自己知，别人不知。上下文都可印证。又，"即经羡闲逸，怅然吟式微"（五古，王维，《渭川田家》），式微用《诗经》。《式微》篇道："式微，式微，胡不归！"本诗的《式微》是篇名，指的是这篇诗。吟《式微》，只是取"胡不归"那一语，用意是"何不归田呢"。又，"惟将迟暮供多病，未有涓埃答圣朝"（七律，杜甫，《野望》），"恐美人之迟暮"见《楚辞》，迟暮是老大无成的意思。"惟将"句是说自己已老大，不曾有所建树报答圣朝，加上迟暮的年光又都消磨在多病里，虽然"海内风尘"（见本诗第三句），却丝毫的力量也不能尽。"供"是喻依，杜甫自己是喻体，消磨在里面是意旨。这三例都是用辞格（也是一种比喻）或典故组成的。又如李颀《送陈章甫》（七古）末尾道，"闻道故林相识多，罢官昨日今如何？"昨日罢官，想到就要别了许多朋友归里，自然不免一番寂寞；但是"闻道故林相识多"，今日临行，想到就要会见着那些故林相识的朋友，又觉如何呢？——该不会寂寞了吧？昨今对照，用意是安慰。——昨日是日前的意思。又刘长卿《寻南溪常道士》：


一路经行处，莓苔见屐痕。

白云依静渚，芳草闭闲门。

过雨看松色，随山到水源。

溪花与禅意，相对亦忘言。


去寻常道士，他不在寓处；"随山到水源"才寻着。对着南溪边的花和常道士的禅意，却不觉忘言。相对是和"溪花与禅意"相对着。禅意给人妙悟，溪花也给人妙语——禅家有拈花微笑的故事，那正是妙悟的故事——，所以说"与"。妙悟是忘言的。寻着了常道士，却被溪花与禅意吸引住！只顾欣赏那无言之美，不想多交谈，所以说"亦"忘言。又，韦应物《送杨氏女》（五古）是送女儿出嫁杨家，前面道："女子今有行，大江溯轻舟。尔辈苦无恃，抚念益慈柔。幼为长所育，两别泣不休。"篇尾道："归来视幼女，零泪缘缨流。"全诗不曾说出杨氏女是长女，但读了这几句关系自然明白。

倒装这特殊的组织，诗里也常见。如"竹喧归浣女，莲动下渔舟"（五律，王维，《山居秋暝》），"归浣女"、"下渔舟"就是浣女归，渔舟下。又，"家书到隔年"（五律，杜牧，《旅宿》）就是家书隔年到。又，"东门酤酒饮我曹"（七古，李颀，

《送陈章甫》），"饮我曹"就是我曹饮，从上下文可知。又，

"名岂文章著，官应老病休"（五律，杜甫，《旅夜书怀》），

就是文章岂著名，老病应休官。又，"幽映每白日"（五律，

刘眘虚，《阙题》），就是白日每幽映。又，"徒劳恨费声"（五

律，李商隐，《蝉》），就是费声恨徒劳。又，"竹怜新雨后，

山爱夕阳时"（五律，钱起，《谷口书斋寄杨补阙》），就是

怜新雨后之竹，爱夕阳时之山——怜爱之意。又，"独夜忆秦关，

听钟未眠客"（五古，韦应物，《夕次盱眙县》）就是听钟未

眠客，独夜忆秦关。这些倒装句里纯然为了适应字数、声调、

对偶等制限的却没有，它们主要的作用还在增强语气。

　　此外如"何因不归去，淮山对秋山？"（五律，韦应物，

《淮上喜会梁州故人》）这是诘问自己，"何因"直贯下句，

二语合为一句。这也为了经济的缘故。——至如"少陵无人谪

仙死"（七古，韩愈，《石鼓歌》），"无人"也就是"死"。

这是求新，求惊人。又，"百年多是几多时"（七律，元稹，《遣

悲怀》之三），是说百年虽多，究竟又有多少时候呢？这也许

是当时口语的调子。又如"云中君不见"（五律，马戴，《楚

江怀古》），云中君是一个词，这句诗上三字下二字，跟一般

五言句上二下三的不同，但似乎只是个无意为之的例外，跟古诗里"出郭门直视"一般。可是如"永夜角声悲自语，中天月色好谁看"（七律，杜甫，《宿府》），"五更鼓角声悲壮，三峡星河影动摇"（七律，杜甫，《阁夜》），都是上五下二，跟一般七言句上四下三或上二下五的不同；又，"近寒食雨草萋萋，著麦苗风柳映堤"（七绝，无名氏，《杂诗》），每句上四字作一二一，而一般作二二或三一。这些却是有意变调求新了。

本书选诗，各方面的题材大致都有，分配又匀称，没有单调或琐屑的弊病。这也是唐代生活小小的一个缩影。可是题材的内容虽反映着时代，题材的项目却多是汉魏六朝诗里所已有。只有音乐、图画似乎是新的。赋里有以音乐为题材的，但晋以来就少。唐代音乐、图画特别发达，反映到诗里，便增加了题材的项目。这也是时势使然。在各种题材里，"出处"是一重大的项目。从前读书人唯一的出路是出仕，出仕为了行道，自然也为了衣食。出仕以前的隐居，干谒，应试（落第）等，出仕以后的恩遇、迁谪，乃至忧民、忧国，思林栖、思归田等，乃至真个辞官归田，都是常见的诗的题目，本书便可作例。仕君行道是儒家的思想，隐居和归田都是道家的思想。儒道两家的思想合成了从前的读书人。但是现在时势变了，读书人不一定出仕，林栖、归田等思想也绝无仅有。有些人读这些诗，也许会觉得不真切，青年学生读书，往往只凭自己的狭隘的兴趣，更容易有此感。但是会读诗的人，多读诗的人，能够设身处地，替古人着想，依然觉得这些诗真切。这是情感的真切，不是知识的真切。这些人不但对于现在有情感，对于过去也有情感。他们知道唐人的需要，唐人的得失，和现代人不一样，可是在读唐诗的时候，只让那对于过去的情感领着走；这种无私、无我、无关心的同情，教他们觉到这些诗的真切。这种无关心的情感需要慢慢调整自己，扩大自己，才能养成。多读史，多读诗，是一条修养的途径，就是那些比较有普遍性的题材，如相思、离别、慈幼、慕亲、友爱等，也还是需要无关心的情感。这些题材的节目多少也跟着时代改变一些，固执"知识的真切"的人读古代的这些诗，有时也不能感到兴趣。

至于咏古之作，如唐玄宗《经鲁祭孔子而叹之》（五律），是古人敬慕古人，纪时之作；如李商隐《韩碑》（七古），是古人论当时事。虽然我们也敬慕孔子，替韩愈抱屈，但知识的看，古人总隔一层。这些题材的普遍性比前一类低减些，不过还在"出处"那项目之上。还有，朝会诗，如岑参，王维《和贾至舍人早朝大明宫之作》（七律），见出一番堂皇富丽的气象；又，宫词，往往见出一番怨情，宛转可怜。可是这些题材现代生活里简直没有。最别扭的是边塞和从军之作，唐人很喜欢作这类诗，而惆苦寒饥黩武的居多数，跟现代人冒险尚武的精神恰恰相反。但荒寒的边塞自是一种新境界，从军苦在当时也是一种真情的流露；若能节取，未尝没有是处。要能欣赏这几类诗，那得靠无关心的情感。此外，唐人酬应的诗很多，本书里也可见。有些人觉得作诗该等候感兴，酬应的诗不会真切。但伫兴而作的人向来大概不多；据现在所知，只有孟浩然是如此。作诗都在情感平静了的时候，运思造句都得用到理智；伫兴而作是无所为，酬应而作是有所为，在工力深厚的人其实无多差别。酬应的诗若能恰如分际，也就见得真切。况是这种诗里也不短至情至性之作。总之，读诗得除去偏见和成见，放大眼光，设身处地看去。

明代高棅编选《唐诗品汇》，将唐诗分为四期。后来虽有种种批评，这分期法却渐渐被一般沿用。初唐是高祖武德元年（西元六一八）至玄宗开元初（西元七一三），约一百年。

盛唐是玄宗开元元年至代宗大历初（西元七六六），五十多年。中唐是代宗大历元年至文宗太和九年（西元八三五），七十年。晚唐是文宗开成元年（西元八三六）至昭宗天祐三年（西元九〇六），七十年。初唐诗还是齐梁的影响，题材多半是艳情和风云月露，讲究声调和对偶。到了沈佺期、宋之问手里，便成立了律诗的体制。这是唐代诗坛一件大事，影响后世最大。当时有个陈子昂，独主张复古，扩大诗的境界。但他死得早，成就不多。盛唐诗李白努力复古，杜甫努力开新。所谓复古，只是体会汉魏的作风和借用乐府诗的题目，并非模拟词句。所以陈子昂、李白都能够创一家，而李白的成就更大。他的成就主要的在七言乐府；绝句也独步一时。杜甫却各体诗都是创作，全然不落古人窠臼。他以时事入诗，议论入诗，使诗散文化，使诗扩大境界；一方面研究律诗的变化，用来表达各种新题材。他的影响的久远，似乎没有一个诗人比得上。这时期作七古体的最多，为的这一体比较自由，又刚在开始发展。而王维、孟浩然专用五律写山水，也能变古成家。中唐诗韦应物、柳宗元的五古以复古的作风创作，各自成家。古文家韩愈继承杜甫，更使诗向散文化的路上走。宋诗受他的影响极大。他的门下作诗，有词句冷涩的，有题材诡僻的；本书里只选了贾岛一首。另一方面有些人描写一般的社会生活，这原是乐府精神，却也是杜甫开的风气。元稹、白居易主张诗该写社会生活而有规讽的作意，才是正宗。但他们的成就却不在此而在情景深切，明白如话。他们不避俗，跟韩愈一派恰相对照；可也出于杜甫。晚唐诗刻画景物，雕琢词句，题材又回到风云月露和艳情上，只加了一些雅事。诗境重趋狭窄，但精致过于前人。这时期的精力集中在近体诗。精致的只是词句，全篇组织往往配合不上。就中李商隐、温庭筠虽咏艳情，却有大处奇处，不踟蹰在绮靡的圈子里；而李商隐学杜学韩境界更广阔些。学杜韩而兼受温李熏染的是杜牧，豪放之余，不失深秀。本书选诗七十七家，初唐不到十家，盛中晚三期各二十多家。入选的诗较多的八家。盛唐四家：杜甫的三十六首，王维二十九首，李白二十九首，孟浩然十五首。中唐二家：韦应物十二首，刘长卿十一首。晚唐二家：李商隐二十四首，杜牧十首。

李白诗，书中选五古三首、乐府三首，七古四首、乐府五首，五律五首，七律一首，五绝二首、乐府一首，七绝二首、乐府三首。各体具备，七古和乐府共九首，最多，五七绝和乐府共八首，居次。李白，字太白，蜀人，玄宗时作供奉翰林，触犯了杨贵妃，不能得志。他是个放浪不羁的人，便辞了职，游山水，喝酒，作诗。他的态度是出世的，作诗全任自然。当时称他为"天上谪仙人"，这说明了他的人和他的诗。他的乐府很多，取材很广；他其实是在抒写自己的生活，只借用乐府的旧题目而已。他的七古和乐府篇幅恢张，气势充沛，增进了七古体的价值。他的绝句也奠定了一种新体制。绝句最需要经济的写出，李白所作，自然含蓄，情韵不尽。书中所收《下江陵》一首，有人推为唐代七绝第一。

杜甫诗，计五古五首，七古五首、乐府四首，五七律各十首，五七绝各一首。只少五言乐府，别体都有。律诗共二十首，最多；七古和乐府共九首，居次。杜甫，字子美，河南巩县人。安禄山陷长安，肃宗在灵武即位。他从长安逃到灵武，作了左拾遗的官。后因事被放，辗转流落到成都，依故人严武，作到"检校工部员外郎"。世称杜工部。他在蜀住的很久。他是儒家的信徒，一辈子惦着仕君行道；又身经乱离，亲见民间疾苦。他的诗努力描写当时的情形，发抒自己的感想。唐代用诗取士，诗原是应试的玩意儿；诗又是供给乐工歌妓唱来伺候宫廷和贵人的玩意儿。李白用来抒写自己的生活，杜甫用来抒写那个大时代，诗的境界扩大了，地位也增高了。而杜甫抓住了广大的实在的人生，更给诗开辟了新世界。他的诗可以说是写实的；这写实的态度是从乐府来的。他使诗历史化，散文化，正是乐府的影响。七古体到他手里正式成立，律诗到他手里应用自如——他的五律极多，差不多穷尽了这一体的变化。

王维诗，计五古五首，七言乐府三首，五律九首，七律四首，五绝五首，七绝和乐府三首，五律最多。王维，字摩诘，太原人，试进士，第一，官至尚书右丞。世称王右丞。他会草书隶书，会画画。有别墅在辋川，常和裴迪去浏览作诗。沈宋的五律还多写艳情，王维改写山水，选词造句都得自出心裁。从前虽也有山水诗，但体制不同，无从因袭。苏轼说他"诗中有画"。他是苦吟的，宋人笔记里说他曾因苦吟走入醋缸里；他的《渭城曲》（乐府），有人也推为唐代七绝压卷之作。他的诗是精致的。

孟浩然诗，计五古三首，七古一首，五律九首，五绝二首，也是五律最多。孟浩然，名浩，以字行，襄州襄阳人，隐居鹿

202

门山，四十岁才游京师。张九龄在荆州，召为僚属。他用五律写江湖，却不苦吟，乘兴而作。他专工五言，五言各体都擅长。山水诗不但描写自然，还欣赏自然；王维的描写比孟浩然多些。

韦应物诗，五古七首，五律二首，七律一首，五七绝各一首，五古多。韦应物，京兆长安人，作滁州刺史，改江州，入京作左司郎中，又出作苏州刺史。世称韦左司或韦苏州。他为人少食寡欲，常焚香扫地而坐。诗淡远如其人。五古学古诗，学陶诗，指事述情，明白易见——有理语也有理趣，正是陶渊明所长。这些是淡处。篇幅多短，句子浑含不刻画，是远处。朱子说他的诗无一字造作，气象近道。他在苏州所作《郡斋雨中与诸文士燕集》诗开端道："兵卫森画戟，宴寝凝清香；海上风雨至，逍遥池阁凉。"诗话推为一代绝唱，也只是为那肃穆清华的气象。篇中又道，"自惭居处崇，未睹斯民康"，《寄李儋元锡》（七律）也道，"邑有流亡愧俸钱"，这是忧民；识得为政之体，才能有些忠君爱民之言。

刘长卿诗，计五律五首，七律三首，五绝三首，五律最多。刘长卿，字文房，河间人，登进士第，官终随州刺史。世称刘随州。他也是苦吟的人，律诗组织最为精密整炼；五律更胜，当时推为"五言长城"。上文曾举过两首作例，可见出他的用心处。

李商隐诗，计七古一首，五律五首，七律十首，五绝一首，七绝七首，七律最多，七绝居次。李商隐，字义山，河内人，登进士第。王茂元镇河阳，召他掌书记，并使他作女婿。王茂元是李德裕同党；李德裕和令狐楚是政敌。李商隐和令狐楚本有交谊，这一来却得罪了他家。后来令狐楚的儿子令狐绹作了宰相，李商隐屡次写信表明心迹，他只是不理。这是李商隐一生的失意事，诗中常常涉及，不过多半隐约其辞。后来柳仲郢镇东蜀，他去作过节度判官。他博学强记，又有隐衷，诗里的典故特别多。他的七律里有好些《无题》诗，一方面像是相思不相见的艳情诗，另一方面又像是比喻，咏叹他和令狐绹的事，寄托那"不遇"的意旨。还有那篇《锦瑟》，虽有题，解者也纷纷不一。那或许是悼亡诗，或许也是比喻。又有些咏史诗，如《隋宫》，或许不只是咏古，还有刺时的意旨。他的诗语既然是一贯的隐约，读起来便只能凭文义、典故和他的事迹作一些可能的概括的解释。他的七绝里也有这种咏史或游仙诗，如《隋宫》、《瑶池》等。这些都是奇情壮采之作——一方面七律的组织也有了进步——，所以入选的多。他的七绝最著名的可是《寄令狐郎中》一首。

杜牧诗，五律一首，七绝九首，几乎是专选一体。杜牧，字牧之，登进士第。牛僧孺镇扬州，他在节度府掌书记，又作过司勋员外郎。世称杜司勋，又称小杜——杜甫称老杜。他很有政治的眼光，但朝中无人，终于是个失意者。他的七绝感慨深切，情辞新秀。《泊秦淮》一首也曾被推为压卷之作。

唐以前的诗，可以说大多数是五古，极少数是七古；但那些时候并没有体制的分类。那些时候诗的分类，大概只从内容方面看，最显著的一组类别是五言诗和乐府诗。五言诗虽也从乐府转变而出，但从阮籍开始，已经高度的文人化，成为独立的抒情写景的体制。乐府原是民歌，叙述民间故事，描写各社会的生活，有时也说教，东汉以来文人仿作乐府的很多，大都沿用旧题旧调，也是五言的体制。汉末旧调渐亡，文人仿作，便只沿用旧题目；但到后来诗中的话也不尽合于旧题目。这些时候有了七言乐府，不过少极；汉魏六朝间著名的只有曹丕的《燕歌行》，鲍照的《行路难》十八首等。乐府多朴素的铺排，跟五言诗的浑含不露有别。五言诗经过汉魏六朝的演变，作风也分化。阮籍是一期，陶渊明、谢灵运是一期，"宫体"又是一期。阮籍抒情，"志在刺讥而文多隐避"（颜延年、沈约等注《咏怀诗》语），最是浑含不露。陶谢抒情、写景、说理，渐趋详切，题杕是田园山水。宫体起于梁简文帝时，以艳情为主，渐讲声调对偶。

初唐五古还是宫体余风，陈子昂、张九龄、李白主张复古，虽标榜"建安"（汉献帝年号，建安体的代表是曹植），实是学阮籍。本书张九龄《感遇》二首便是例子。但盛唐五古，张九龄以外，连李白所作（《古风》除外）在内，可以说都是陶谢的流派。中唐韦应物、柳宗元也如此。陶谢的详切本受乐府的影响。乐府的影响到唐代最为显著。杜甫的五古便多从乐府变化。他第一个变了五古的调子，也是创了五古的新调子。新调子的特色是散文化。但本书所选他的五古还不是新调子，读他的长篇才易见出。这种新调子后来渐渐代替了旧调子。本书里似乎只有元结《贼退示官吏》一首是新调子；可是散文化太过，不是成功之作。至于唐人七古，却全然从乐府变出。这又有两派。一派学鲍照，以慷慨为主；另一派学晋《白纻（舞名）歌辞》（四首，见《乐府诗集》）等，以绮艳为主。李白便是著名学鲍照的；盛唐人似乎已经多是这一派。七言句长，本不像五言句的易加整炼，散文化更方便些。《行路难》里已有散文句。李白诗里又多些，如，"我欲因之梦吴越"（《梦游天姥吟留别》），又如上文举过的"弃我去者"二语。七古体夹长短句原也是散文化的一个方向。初唐陈子昂《登幽州台歌》全首道："前不见古人，后不见来者。念天地之悠悠，独怆然而涕下。"简直没有七言句，却也可以算入七古里。到了杜甫，更有意的以文为诗，但多七言到底，少用长短句。后来人作七古，多半跟着他走。他不作旧题目的乐府而作了许多叙述时事、描写社会生活的诗。这正是乐府的本来面目。本书据《乐府诗集》将他的《哀江头》《哀王孙》等都放在七言乐府里，便是这个理。从他以后，用乐府旧题作诗的就渐渐的稀少了。另一方面，元稹、白居易创出一种七古新调，全篇都用平仄调协的律句，但押韵随时转换，平仄相间，各句安排也不像七律有一定的规矩。这叫长庆体。长庆是穆宗的年号，也是元白的集名。本书白居易的《长恨歌》《琵琶行》都是的。古体诗的声调本来比较近乎语言之自然，长庆体全用律句，反失自然，只是一种变调。但却便于歌唱。《长恨歌》可以唱，见于记载，可不知道是否全唱。五七古里律句多的本可歌唱，不过似乎只唱四句，跟唱五七绝一样。古体诗虽不像近体诗的整炼，但组织的经济也最著重。这也是它跟散文的一个主要的分别。前举韦应物《送杨氏女》便是一例。又如李白《宣州谢朓楼饯别校书叔云》里道，"蓬莱文章建安骨，中间小谢又清发"，一方面说谢朓（小谢），一方面是比喻。且不说喻旨，只就文义看，"蓬莱"句又有两层比喻，全句的意旨是后汉文章首推建安诗。"中间"句说建安以后"大雅久不作"（见李白《古风》第一首），小谢清发，才重振遗绪；"中间"、"又"三个字包括多少朝代，多少诗家，多少诗，多少议论！组织有时也变换些新方式，但得出于自然。如李白《梦游天姥吟留别》（七古）用梦游和梦醒作纲领，韩愈《八月十五夜赠张功曹》用唱歌跟和歌作纲领，将两篇歌辞穿插在里头。

律诗出于齐梁以来的五言诗和乐府。何逊、阴铿、徐陵、庾信等的五言都已讲究声调和对偶。庾信的《乌夜啼》乐府简直像七律一般；不过到了沈宋才成定体罢了。律首声调，前已论及。对偶在中间四句，就是第一组节奏的后两句，第二组节奏的前两句，也是异中有同，同中有异。这样，前四句由散趋整，后四句由整复归于散，增前两组节奏的往复回还的效用。

这两组对偶又得自有变化，如一联写景，一联写情，一联写见，一联写闻之类，才不至板滞，才能和上下打成一片。所谓情景或见闻，只是从浅处举例，其实这中间变化很多，很复杂。五律如"地犹鄹氏邑，宅即鲁王宫。叹凤嗟身否，伤麟怨道穷"（唐玄宗，《经鲁祭孔子而叹之》）。四句虽两两平列，可是前一联上句范围大，下句范围小，后一联上句说平时，下句说将死，便见流走。又，"为我一挥手，如听成堑松。客心洗流水，余响入霜钟"（李白，《听蜀僧浚弹琴》）。前联一弹一听，后联一在弹，一已止，各是一串儿。又，"遥怜小儿女，未解忆长安；香雾云鬟湿，清辉玉臂寒"（杜甫，《月夜》）。"遥怜"直贯四句。小儿女"未解忆长安"固然可怜，"香雾"云云的人（杜甫妻）解得忆长安，也许更可怜些。前联只是一句话，后联平列；两相调剂着。律诗多在四句分段，但也不尽然，从这一首可见。又，前面引过的刘长卿《寻南溪常道士》次联"白云依静渚，芳草闭闲门"，似乎平列，用意却侧重寻常道士不遇，侧重在下句。三联"过雨看松色，随山到水源"，上句景物，下句动作，虽然平列而不是一类。再说"过雨"，暗示忽然遇雨，雨住后松色才更苍翠好看；这就兼着叙事，跟单纯写景又不同。

七律如"云边雁断胡天月，陇上羊归塞草烟。回日楼台非甲帐，去时冠剑是丁年"（温庭筠，《苏武庙》）。前联平列，但不是单纯的写景句；这中间引用着《汉书·苏武传》，上句意旨是和汉朝音信断绝（雁足传书事），下句意旨是无归期（匈奴使苏武牧牡羊，说牡羊有乳才许归汉）。后联说去汉时还是冠剑的壮年，回汉时武帝已死；"丁年奉使"见李陵《答苏武书》，甲帐是头等帐，是武帝作来敬神的，见《汉武故事》。这一联是倒装，为的更见出那"不堪回首"的用意。又，"玉玺不缘归日角，锦帆应是到天涯。于今腐草无萤火，终古垂杨有暮鸦"。（李商隐，《隋宫》）日角是额骨隆起如日，是帝王之相，这儿是根据《旧唐书》，用来指唐太宗。锦帆指隋炀帝的游船，见《开河记》。这一联说若不因为太宗得了天下，炀帝还该游得远呢。上句是因，下句是果。放萤火，种垂杨，都是炀帝的事。后联平列，上句说不放萤火，下句说垂杨栖鸦，一有一无，却见出"而今安在"一个用意。又，李商隐《筹笔驿》中二联道："徒令上将挥神笔，终见降王走传车。管乐有才真不忝，关张无命欲何如！"筹笔驿在绵州绵谷县，诸葛武侯曾在那里驻军筹画。上将指武侯，降王指后主；管乐是管仲、乐毅，武侯早年曾自比这二人。前联也是倒装，因为"终见"，才觉"徒令"。但因"筹笔"想到"降王"，即景生情，虽倒装还是自然。后联也将"有""无"对照，见出本诗末句"恨有余"的用意。七律对偶用倒装句，因果句，到晚唐才有。七言句长，整炼较难，整炼而能变化如意更难。唐代律诗刚创始，五言比较容易些，发展得自然快些。作五律的大概多些，好诗也多些，本书五律多，便是这个缘故。律诗也有不对偶或对偶不全的，如李白《夜泊牛渚怀古》（五律），又如崔颢《黄鹤楼》（七律）的次联，这此只算例外。又有不调平仄的，如《黄鹤楼》和王维《终南别业》（五律），也是例外。——也有故意这样作的，后来称为拗体，但究竟是变调。本书不选排律。七言排律本来少，五言的却多，教人不乐意读下去。但本书不选，恐怕是为了典故多。晚唐律诗着重一句一联，忽略全篇的组织，因此后人评论律诗，多爱摘句，好像律诗篇幅完整的很少似的。其实不然，这只是偏好罢了。

绝句不是截取律诗的四句而成。五绝的源头在六朝乐府里。六朝五言四句的乐府很多，《子夜歌》最著名。这些大都是艳情之作,诗中用谐声辞格很多。谐声辞格如"螟子"谐"喜"声,"藁砧"就是"铁"(铡刀)谐"夫"声。本书选了权德舆《玉台体》一首,就是这种诗。也许因为诗体太短,用这种辞格来增加它的内容,这也是多义的一式。但唐代五绝已经不用谐声辞格,因为不大方,范围也窄,唐代五绝有调平仄的,有不调平仄而押仄声韵的;后者声调上也可以说是古体诗,但题材和作风不同。所以容许这种声调不谐的五绝,大约也是因为诗体太短,变化少;多一些自由,可以让作者多一些回旋的地步。但就是这样,作的还是不多。七言四句的诗,唐以前没有,似乎是唐人的创作。这大概是为了当时流行的西域乐调而作;先有调,后有诗。五七绝都能歌唱,七绝歌唱的更多——该是因为声调曼长,好听些。作七绝的比作五绝的多得多,本书选得也多。唐人绝句有两种作风:一是铺排,一是含蓄。前者如柳宗元《江雪》:

千山鸟飞绝,万径人踪灭。

孤舟蓑笠翁,独钓寒江雪。


又,韦应物《滁州西涧》:

独怜幽草涧边生，上有黄鹂深树鸣。

春潮带雨晚来急，野渡无人舟自横。


柳诗铺排了三个印象，见出"江雪"的幽静，韦诗铺排了四个印象，见出西涧的幽静；但柳诗有"千山"、"万径"、"绝"、"灭"等词，显得那幽静更大些。所谓铺排，是平排（或略参差，如所举例）几个同性质的印象，让它们集合起来，暗示一个境界。这是让印象自己说明，也是经济的组织，但得选择那些精的印象。后者是说要从浅中见深，小中见大；这两者有时是一回事。含蓄的绝句，似乎是正宗，如杜牧《秋夕》：


银烛秋光冷画屏，轻罗小扇扑流萤。

天街夜色凉如水，卧看牵牛织女星。


是说宫人秋夕的幽怨，可作浅中见深的一例。又，刘禹锡《乌衣巷》：


朱雀桥边野草花，乌衣巷口夕阳斜。

旧时王谢堂前燕，飞入寻常百姓家。

乌衣巷是晋代王导、谢安住过的地方，唐代早为民居。诗中只用野花、夕阳、燕子，对照今昔，便见出盛衰不常一番道理。这是小中见大，也是浅中见深。又，王之涣《登鹳雀楼》：

白日依山尽，黄河入海流。

欲穷千里目，更上一层楼。

鹳雀楼在平阳府蒲州城上。白日依山，黄河入海，一层楼的境界已穷，若要看得更远，更清楚，得上高处去。三四句上一层楼，穷千里目，是小中见大；但另一方面，这两句可能是个比喻，喻体是人生，意旨是若求远大得向高处去。这又是浅中见深了。但这一首比较前二首明快些。

论七绝的称含蓄为"风调"。风飘摇而有远情，调悠扬而有远韵，总之是余味深长。这也配合着七绝的曼长的声调而言，五绝字少节促，便无所谓风调。风调也有变化，最显著的是强弱的差别，就是口气否定、肯定的差别。明清两代论诗家推举唐人七绝压卷之作共十一首，见于本书的八首。就是：王维《渭城曲》（乐府），王昌龄《长信怨》和《出塞》（皆乐府），王翰《凉州曲》，李白《下江陵》，王之涣《出塞》（乐府，一作《凉州词》），李益《夜上受降城闻笛》，杜牧《泊秦淮》。这中间四首是乐府，乐府的措辞总要比较明快些。其余四首虽非乐府，也是明快一类。只看八首诗的末二语便可知道。现在依次抄出：

劝君更尽一杯酒，西出阳关无故人。

玉颜不及寒鸦色，犹带昭阳日影来。

但使龙城飞将在，不教胡马度阴山。

醉卧沙场君莫笑，古来征战几人回？

两岸猿声啼不住，轻舟已过万重山。

羌笛何须怨杨柳？春风不度玉门关。

不知何处吹芦管，一夜征人尽望乡。

商女不知亡国恨，隔江犹唱后庭花。

这些都用否定语作骨子，所以都比较明快些。这些诗也有所含蓄，可是强调。七绝原来专为歌唱而作，含蓄中略求明快，听者才容易懂，适应需要，本当如此。弱调的发展该是晚点儿。——不见于本书的三首，一首也是强调，二首是弱调。十一首中共有九首强调，可算是大多数。

当时为人传唱的绝句见于本书的，五言有王维的《相思》，七言有他的《渭城曲》，王昌龄的《芙蓉楼送辛渐》和《长信怨》，王之涣的《出塞》。《相思》道：

　　红豆生南国，春来发几枝？

　　愿君多采撷！此物最相思。

《芙蓉楼送辛渐》道：

　　寒雨连江夜入吴，平明送客楚山孤。

　　洛阳亲友如相问，一片冰心在玉壶。

除《长信怨》外，四首都是对称的口气，——王之涣的"羌笛"句是说"你何须吹羌笛的《折柳词》来怨久别？"——那不见于本书的高适的"开箧泪沾臆，见君前日书"一首也是的（这一首本是一首五古的开端四语，歌者截取，作为绝句）。歌词用对称的口气，唱时好像在对听者说话，显得亲切。绝句用对称口气的特别多；有时用问句，作用也一般。这些原都是乐府的老调儿，绝句只是推广应用罢了。——风调转而为才调，奇情壮采依托在艳辞和故事上，是李商隐的七绝。这些诗虽增加了些新类型，却非七绝的本色。他又有《夜雨寄北》一绝：

君问归期未有期，巴山夜雨涨秋池。

何当共剪西窗烛，却话巴山夜雨时！

这也是对称的口气。设想归后向那人谈此时此地的情形，见出此时此地思归和相念的心境，回环含蓄，却又亲切明快。这种重复的组织极精练可喜。但绝句以自然为主。像本诗的组织，精练不失自然，是可遇而不可求的。

朱宝莹先生有《诗式》（中华版），专释唐人近体诗的作法作意，颇切实；邵祖平先生有《唐诗通论》（《学衡》十二期），颇详明，都可参看。

（《读书指导》）

**图书在版编目（CIP）数据**

听朱自清讲古典文学 / 朱自清著 . -- 北京：台海
出版社，2023.9
（听朱自清讲经典）
ISBN 978-7-5168-3614-9

Ⅰ . ①听… Ⅱ . ①朱… Ⅲ . ①古典文学－文学欣赏－
中国 Ⅳ . ① I206.2

中国国家版本馆 CIP 数据核字（2023）第 140077 号

**听朱自清讲古典文学**

著者：朱自清

出版人：蔡 旭　　　　装帧设计：拾野文化
责任编辑：戴 晨　　　　策划编辑：苗 苗

出版发行：台海出版社
地　　址：北京市东城区景山东街 20 号　　　　邮政编码：100009
电　　话：010-64041652（发行，邮购）
传　　真：010-84045799（总编室）
网　　址：www.taimeng.org.cn/thcbs/default.htm
E-mail：thcbs@126.com

经　　销：全国各地新华书店
印　　刷：北京旺都印务有限公司
本书如有破损、缺页、装订错误，请与本社联系调换

开　　本：787 毫米 x1092 毫米　1/32
字　　数：110 千字　　　　印　　张：7
版　　次：2023 年 9 月第 1 版　　印　　次：2023 年 10 月第 1 次印刷
书　　号：ISBN 978-7-5168-3614-9

定　　价：68.00 元

听朱自清讲

# 古代诗歌

朱自清——著

台海出版社

# 目录

序

001

十九首古诗，

汇成一束朴素的月光。

愿你浸润其中，收获美和滋养。

# 序

　　诗是精粹的语言。因为是"精粹的"，便比散文需要更多的思索，更多的吟味；许多人觉得诗难懂，便是为此。但诗究竟是"语言"，并没有真的神秘；语言，包括说的和写的，是可以分析的；诗也是可以分析的。只有分析，才可以得到透彻的了解；散文如此，诗也如此。有时分析起来还是不懂，那是分析得还不够细密，或者是知识不够，材料不足，并不是分析这个方法不成。这些情形，不论文言文、白话文、文言诗、白话诗，都是一样。不过在一般不大熟悉文言的青年人，文言文，特别是文言诗，也许更难懂些罢了。

我们设"诗文选读"这一栏，便是要分析古典和现代文学的重要作品，帮助青年诸君了解，引起他们的兴趣，更重要的是要养成他们分析的态度。只有能分析的人，才能切实欣赏；欣赏是在透彻的了解里。一般的意见将欣赏和了解分成两橛，实在是不妥的。没有透彻的了解，就欣赏起来，那欣赏也许会驴唇不对马嘴，至多也只是模糊影响。一般人以为诗只能综合的欣赏，一分析诗就没有了。其实诗是最错综的，最多义的，非得细密的分析工夫，不能捉住它的意旨，若是囫囵吞枣的读去，所得着的怕只是声调辞藻等一枝一节，整个儿的诗会从你的口头眼下滑过去。

本文选了《古诗十九首》作对象，有两个缘由。一来十九首可以说是我们最古的五言诗，是我们诗的古典之一。所谓"温柔敦厚""怨而不怒"的作风，三百篇之外，十九首是最重要的代表。直到六朝，五言诗都以这一类古诗为标准；而从六朝以来的诗论，还都以这一类诗为正宗。十九首影响之大，从此可知。

二来十九首既是诗的古典，说解的人也就很多。古诗原来很不少，梁代昭明太子（萧统）的《文选》里却只选了这十九首。

文选成了古典，十九首也就成了古典；十九首以外，古诗流传到后世的，也就有限了。唐代李善和"五臣"给《文选》作注，当然也注了"十九首"。嗣后历代都有说解十九首的，但除了《文选》注家和元代刘履的《选诗补注》，整套作解的似乎没有。清代笺注之学很盛，独立说解十九首的很多。近人隋树森先生编有《古诗十九首集释》一书（中华版），搜罗历来十九首的整套的解释，大致完备，很可参看。

这些说解，算李善的最为谨慎、切实；虽然他释"事"的地方多，释"义"的地方少。"事"是诗中引用的古事和成辞，普通称为"典故"。"义"是作诗的意思或意旨，就是我们日常说话里的"用意"。有些人反对典故，认为诗贵自然，辛辛苦苦注出诗里的典故，只表明诗句是有"来历"的，作者是渊博的，并不能增加诗的价值。另有些人也反对典故，却认为太麻烦，太琐碎，反足为欣赏之累。

可是，诗是精粹的语言，暗示是它的生命。暗示得从比喻和组织上作工夫，利用读者联想的力量，组织得简约紧凑；似乎断了，实在连着。比喻或用古事成辞，或用眼前景物；典故其实是比喻的一类。这首诗那首诗可以不用典故，但是整个儿的诗是离不开典故的。旧诗如此，新诗也如此；不过新诗爱用外国典故罢了。要透彻的了解诗，在许多时候，非先弄明白诗里的典故不可。陶渊明的诗，总该算"自然"了，但他用的典故并不少。从前人只囫囵读过，直到近人古直先生的《靖节诗笺定本》，才细细的注明。我们因此增加了对于陶诗的了解；虽然我们对于古先生所解释的许多篇陶诗的意旨并不敢苟同。李善注十九首的好处，在他所引的"事"都跟原诗的文义和背景切合，帮助我们的了解很大。

别家说解，大都重在意旨。有些是根据原诗的文义和背景，却忽略了典故，因此不免望文生义，模糊影响。有些并不根据全篇的文义、典故、背景，却只断章取义，让"比兴"的信念支配一切。所谓"比兴"的信念，是认为作诗必关教化；凡男女私情，相思离别的作品，必有寄托的意旨——不是"臣不得于君"，便是"士不遇知己"。这些人似乎觉得相思离别等等私情不值得作诗；作诗和读诗，必须能见其大。但是原作里却往往不见其大处。于是他们便抓住一句两句，甚至一词两词，曲解起来，发挥开去，好凑合那个传统的信念。这不但不切合原作，并且常常不能自圆其说；只算是无中生有，驴唇不对马嘴罢了。

据近人的考证，十九首大概作于东汉末年，是建安（献帝）诗的前驱。李善就说过，诗里的地名像"宛""洛""上东门"，都可以见出有一部分是东汉人作的；但他还相信其中有西汉诗。历来认为十九首里有西汉诗，只有一个重要的证据，便是第七首里"玉衡指孟冬"一句话。李善说，这是汉初的历法。后来人都信他的话，同时也就信十九首中一部分是西汉诗。不过李善这条注并不确切可靠，俞平伯先生有过详细讨论，载在《清华学报》里。我们现在相信这句诗还是用的夏历。此外，梁启超先生的意见，十九首作风如此相同，不会分开在相隔几百年的两个时代（《中国之美文及其历史》）。徐中舒先生也说，东汉中叶，文人的五言诗还是很幼稚的；西汉若已有十九首那样成熟的作品，怎么会有这种现象呢！（《古诗十九首考》，《中大语言历史研究所周刊》六十五期）

十九首没有作者；但并不是民间的作品，而是文人仿乐府作的诗。乐府原是入乐的歌谣，盛行于西汉。到东汉时，文人仿作乐府辞的极多；现存的乐府古辞，也大都是东汉的。仿作乐府，最初大约是依原调，用原题，后来便有只用原题的。再后便有不依原调，不用原题，只取乐府原意作五言诗的了。这种作品，文人化的程度虽然已经很高，题材可还是民间的，如人生不常、及时行乐、离别、相思、客愁等等。这时代作诗人的个性还见不出，而每首诗的作者，也并不限于一个人；所以没有主名可指。十九首就是这类诗；诗中常用典故，正是文人的色彩。但典故并不妨害十九首的"自然"；因为这类诗究竟是民间味，而且只是浑括的抒叙，还没到精细描写的地步，所以就觉得"自然"了。

本文先抄原诗。诗句下附列数字，李善注便依次抄在诗后；偶有不是李善的注，都在下面记明出处，或加一"补"字。注后是说明；这儿兼采各家，去取以切合原诗与否为准。

诗

壹

# 行行重行行

行行重行行，与君生别离。

相去万余里，各在天一涯。

道路阻且长，会面安可知。

胡马依北风，越鸟巢南枝。

相去日已远，衣带日已缓。

浮云蔽白日，游子不顾反。

思君令人老，岁月忽已晚。

弃捐勿复道，努力加餐饭。

◎与君生别离：《楚辞》曰：悲莫悲兮生别离。

◎各在天一涯：《广雅》曰：涯，方也。

◎道路阻且长，会面安可知：《毛诗》曰：溯洄从之，道阻且长。薛综《西京赋》注曰：安，焉也。

◎胡马依北风，越鸟巢南枝：《韩诗外传》曰："诗云，'代马依北风，飞鸟栖故巢'，皆不忘本之谓也。"《盐铁论·未通篇》："故代马依北风，飞鸟翔故巢，莫不哀其生。"（徐中舒《古诗十九首考》）《吴越春秋》："胡马依北风而立，越燕望海日而熙，同类相亲之意也。"（同上）

◎相去日已远，衣带日已缓：《古乐府歌》曰："离家日趋远，衣带日趋缓。"

◎浮云蔽白日，游子不顾反：浮云之蔽白日，以喻邪佞之毁忠良，故游子之行，不顾反也。《文子》曰，"日月欲明，浮云盖之"；陆贾《新语》曰，"邪臣之蔽贤，犹浮云之鄣日月"；《古杨柳行》曰，"谗邪害公正，浮云蔽白日"，义与此同也。郑玄《毛诗笺》曰，"顾，念也。"

◎思君令人老，岁月忽已晚：《小雅》，"维忧用老。"（孙矿评《文

选》语）

◎弃捐勿复道，努力加餐饭：《史记·外戚世家》，"平阳主拊其（卫子夫）背曰,'行矣，强饭，勉之！'"蔡邕（？）《饮马长城窟行》，"长跪读素书，书中竟何如？上有'加餐食'，下有'长相忆'。"（补）

---

译

走啊走啊走，一直不停地走，就这样与你活生生的分离。

从此你我之间隔着千万里，我在天的这头，你在天的那头。

路途艰险且遥远，哪里能知道什么时候再见面？

北方的马儿依恋着北风，南方的越鸟巢宿于南枝。

彼此分离的时间越是长久，衣服就越发宽大，人也越发消瘦。

就像那白日被浮云遮蔽，他乡的游子早已没有归去的念头。

身心因思念着你而憔悴，仿佛岁月在思念中已到迟暮。

许多的心里话都不必再说了，只愿你多保重切莫受饥寒。

---

诗中引用《诗经》《楚辞》，可见作者是文人。"生别离"和"阻且长"是用成辞；前者暗示"悲莫悲兮"的意思，后者

暗示"从之"不得的意思。借着引用的成辞的上下文，补充未申明的含意；读者若能知道所引用的全句以至全篇从何而来，便可从联想中领会出这种含意。这样，诗句就增厚了力量。这所谓词短意长，以技巧而论，是很经济的。典故的效用便在此。"思君令人老"脱胎于"维忧用老"，而稍加变化；知道《诗经》的句子的读者，就知道本诗这一句是暗示着相思的烦忧了。"冉冉孤生竹"一首里，也有这一语；歌谣的句子原可套用，"十九首"还不脱歌谣的风格，无怪其然。"相去"二句也是套用古乐府歌的句子，只换了几个词。"日已"就是"去者日以疏"一首里的"日以"，和"日趋"都是"一天比一天"的意思；"离家"变为"相去"，是因为诗中主人身份不同，下文再论。

　　"代马""飞鸟"两句，大概是汉代流行的歌谣；《韩诗外传》和《盐铁论》都引到这两个比喻，可见。到了《吴越春秋》，才改为散文，下句的题材并略略变化。这种题材的变化，一面是环境的影响，一面是文体的影响。越地滨海，所以变了下句；但越地不以马著，所以不变上句。东汉文体，受辞赋的影响，不但趋向骈偶，并且趋向工切。"海日"对"北风"，自然比"故巢"工切得多。本诗引用这一套比喻，因为韵的关系，又变用"南枝"对"北风"，却更见工切了。至于"代马"

变为"胡马"也许只是作诗人的趣味；歌谣原是常常在修改的。但"胡马"两句的意旨，却还不外乎"不忘本"、"哀其生"、"同类相亲"三项。这些得等弄清诗中主人的身份再来说明。

"浮云蔽白日"也是个套句。照李善注所引证，说是"以喻邪佞之毁忠良"，大致是不错的。有些人因此以为本诗是逐臣之辞；诗中主人是在远的逐臣，"游子"便是逐臣自指。这样，全诗就都是思念君王的话了。全诗原是男女相思的口气，但他们可以相信，男女是比君臣的。男女比君臣从屈原的《离骚》创始；后人这个信念，显然是以《离骚》为依据。不过屈原大概是神仙家。他以"求女"比思君，恐怕有他信仰的因缘；他所求的是神女，不是凡人。五言古诗从乐府演化而出；乐府里可并没有这种思想。乐府里的羁旅之作，大概只说思乡；十九首中"去者日以疏"、"明月何皎皎"两首，可以说是典型。这些都是很实际的。"涉江采芙蓉"一首，虽受了《楚辞》的影响，但也还是实际的思念"同心"人，和《离骚》不一样。在乐府里，像本诗这种缠绵的口气，大概是居者思念行者之作。本诗主人大概是个"思妇"，如张玉谷《古诗赏析》所说；"游子"与次首"荡子行不归"的"荡子"同意。所谓诗中主人，可并不一定是作诗者；作诗者是尽可以虚拟各种人的口气，代他们立言的。

　　但是"浮云蔽白日"这个比喻，究竟该怎样解释呢？朱筠说："'不顾返'者，本是游子薄幸；不肯直言，却托诸浮云蔽日。言我思子而子不思归，定有谗人间之；不然，胡不返耶？"（《古诗十九首说》）张玉谷也说："浮云蔽日，喻有所惑，游不顾返，点出负心；略露怨意。"两家说法，似乎都以白日比游子，浮云比谗人；谗人惑游子是"浮云蔽白日"。就"浮云"两句而论，就全诗而论，这解释也可通。但是一个比喻往往有许多可能的意旨，特别是在诗里。我们解释比喻，不但要顾到当句当篇的文义和背景，还要顾到那比喻本身的背景，才能得着它的确切的意旨。见仁见智的说法，到底是不足为训的。"浮云蔽白日"这个比喻，李善注引了三证，都只是"谗邪害公正"一个意思。本诗与所引三证时代相去不远，该还用这个意思。不过也有两种可能：一是那游子也许在乡里被"谗邪"所"害"，远走高飞，不想回家。二也许是乡里中"谗邪害公正"，是非黑白不分明，所以游子不想回家。前者是专指，后者是泛指。我不说那游子是"忠良"或"贤臣"；因为乐府里这类诗的主人，大概都是乡里的凡民，没有朝廷的达官的缘故。

　　明白了本诗主人的身份，便可以回头吟味"胡马"、"越鸟"那一套比喻的意旨了。"不忘本"是希望游子不忘故乡。"哀其生"是哀念他的天涯飘泊。"同类相亲"是希望他亲爱家乡的亲戚故旧乃至思妇自己。在游子虽不想回乡，在思妇却还望他回乡。引用这一套彼此熟习的比喻，是说物尚有情，何况于人？是劝慰，也是愿望。用比喻替代抒叙，作诗者要的是暗示的力量；这里似是断处，实是连处。明白了诗中主人是思妇，也就明白诗中套用古乐府歌"离家"那两句时，为什么要将"离家"变为"相去"了。

"衣带日已缓"是衣带日渐宽松。朱筠说，"与思君令人瘦一般用意。"这是就果显因，也是暗示的手法；带缓是果，人瘦是因。"岁月忽已晚"和"东城高且长"一首里"岁暮一何速"同意，指的是秋冬之际岁月无多的时候。"弃捐勿复道，努力加餐饭"；两语，解者多误以为全说的诗中主人自己。但如注所引，"强饭"、"加餐"明明是汉代通行的慰勉别人的话语，不当反用来说自己。张玉谷解这两句道，"不恨己之弃捐，惟愿彼之强饭"，最是分明。我们的语言，句子没有主词是常态，有时候很容易弄错；诗里更其如此。"弃捐"就是"见弃捐"，也就是"被弃捐"；施受的语气同一句式，也是我们语言的特别处。这"弃捐"在游子也许是无可奈何，非出本愿，在思妇却总是"弃捐"，并无分别；所以她含恨的说，"反正我是被弃了，不必再提罢；你只保重自己好了！"

　　本诗有些复沓的句子。如既说"相去万余里"，又说"道路阻且长"，还说"相去日已远"，反复说一个意思，但颇有增变。"衣带日已缓"和"思君令人老"也同一例。这种回环复沓，是歌谣的生命；许多歌谣没有韵，专靠这种组织来建筑它们的体格，表现那强度的清感。只看现在流行的许多歌谣，或短或长，都从回环复沓里见出紧凑和单纯，便可知道。不但歌谣，民间故事的基本形式，也是如此。诗从歌谣演化，回环复沓的组织也是它的基本；三百篇和屈原的"辞"，都可看出这种痕迹。十九首出于本是歌谣的乐府，复沓是自然的；不过技巧进步，增变来得多一些。到了后世，诗渐渐受了散文的影响，情形却就不一定这样了。

诗

贰

# 青青河畔草

青青河畔草，郁郁园中柳。

盈盈楼上女，皎皎当窗牖。

娥娥红粉妆，纤纤出素手。

昔为倡家女，今为荡子妇。

荡子行不归，空床难独守。

◎盈盈楼上女,皎皎当窗牖:草生河畔,柳茂园中,以喻美人当窗牖也。
《广雅》曰:嬴,容也。盈与嬴同,古字通。

◎娥娥红粉妆,纤纤出素手:《方言》曰:秦晋之间,美貌谓之娥。《韩
诗》曰:纤纤女手,可以缝裳。薛君曰:纤纤,女手之貌。

◎昔为倡家女:《史记》曰:赵王迁,母倡也。《说文》曰:倡,乐也。
谓作妓者。

◎荡子行不归:《列子》曰:有人去乡土游于四方而不归者,世谓
之为狂荡之人也。

---

译

河边草地青青草儿青绿,园中柳树郁郁葱葱。

站在绣楼上的那位女子体态盈盈,她依靠着窗户面容如月
光般美丽动人。

她红装艳服,打扮得很是用心,一双纤纤手指扶着窗儿眺
望着远方。

这女子曾经是常年卖唱的歌女,现在已成为游子的妻。

而游子远行在外总也不回来，丢下她一个人独守空房实在难以忍受寂寞之苦。

---

这显然是思妇的诗，主人公便是那"荡子妇"。"青青河畔草，郁郁园中柳"是春光盛的时节，是那荡子妇楼上所见。荡子妇楼上开窗远望，望的是远人，是那"行不归"的"荡子"。她却只见远处一片草，近处一片柳。那草沿着河畔一直青青下去，似乎没有尽头——也许会一直青青到荡子的所在罢。传为蔡邕作的那首《饮马长城窟行》开端道，"青青河边草，绵绵思远道"，正是这个意思。那茂盛的柳树也惹人想念远行不归的荡子。《三辅黄图》说，"灞桥在长安东，……汉人送客至此桥，折柳赠别。""柳"谐"留"音，折柳是留客的意思。汉人既有折柳赠别的风俗，这荡子妇见了又"郁郁"起来的"园中柳"，想到当年分别时依依留恋的情景，也是自然而然的。再说，河畔的草青了，园中的柳茂盛了，正是行乐的时节，更是少年夫妇行乐的时节。可是"荡子行不归"，辜负了青春年少；及时而不能行乐，那是什么日子呢！况且草青，柳茂盛，也许不止一回了，年年这般等闲的度过春光，那又是什么日子呢！

"盈盈楼上女，皎皎当窗牖，娥娥红粉妆，纤纤出素手。"

描画那荡子妇的容态姿首。这是一个艳妆的少妇。"盈"通"嬴"。《广雅》，"嬴，容也"，就是多仪态的意思。"皎"，《说文》，"月之白也"，说妇人肤色白哲。吴淇《选诗定论》说这是"以窗之光明，女之丰采并而为一"，是不错的。这两句不但写人，还夹带叙事：上句登楼，下句开窗，都是为了远望。"娥"，《方言》，"秦晋之间，美貌谓之娥。""糚"又作"妆"、"装"，饰也，指涂粉画眉而言。"纤纤女手，可以缝裳"，是《韩诗·葛屦》篇的句子（《毛诗》作"掺掺女手"）。《说文》，"纤，细也"，"掺，好手貌"；"好手貌"就是"细"，而"细"说的是手指。《诗经》里原是叹惜女人的劳苦，这里"纤纤出素手"却只见凭窗的姿态——"素"也是白哲的意思。这两句专写窗前少妇的脸和手；脸和手是一个人最显著的部分。

"昔为倡家女，今为荡子妇"，叙出主人公的身份和身世。《说文》，"倡，乐也"，就是歌舞妓。"荡子"就是"游子"，跟后世所谓"荡子"略有不同。《列子》里说，"有人去乡土游于四方而不归者，世谓之为狂荡之人也"，可以为证。这两句诗有两层意思。一是昔既作了倡家女，今又作了荡子妇，真是命不由人。二是作倡家女热闹惯了，作荡子妇却只有冷清清的，今昔相形，更不禁身世之感。况且又是少年美貌，又是春光盛时。荡子只是游行不归，独守空床自然是"难"的。

有人以为诗中少妇"当窗"、"出手"，未免妖冶，未免卖弄，不是贞妇的行径。《诗经·伯兮》篇道："自伯之东，首如飞蓬，岂无膏沐，谁适为容。"贞妇所行如此。还有说"空床难独守"，也不免于野、不免于淫。总而言之，不免放滥无耻，不免失性情之正，有乖于温柔敦厚、怨而不怒的诗教。话虽如此，这些人却没胆量贬驳这首诗，他们只能曲解这首诗是比喻。这首诗实在看不出是比喻。十九首原没有脱离乐府的体裁。乐府多歌咏民间风俗，本诗便是一例。世间是有"昔为倡家女，今为荡子妇"的女人，她有她的身份，有她的想头，有她的行径。这些跟《伯兮》里的女人满不一样，但别恨离愁却一样。只要真能表达出来这种女人的别恨离愁，恰到好处，歌咏是值得的。本诗和《伯兮》篇的女主人公其实都说不到贞淫上去，两诗的作意只是怨。不过《伯兮》篇的怨浑含些，本诗的怨刻露些罢了。艳妆登楼是少年爱好，"空床难独守"是不甘岑寂，其实也都是人之常情；不过说"空床"也许显得亲热些。"昔为倡家女"的荡子妇，自然没有《伯兮》篇里那贵族的女子节制那样多。妖冶，野，是有点儿；卖弄、淫、放滥无耻，便未免是捕风捉影的苛论。王昌龄有一首《春闺》诗道："闺中少妇不知愁，春日凝妆上翠楼。忽见陌头杨柳色，悔教夫婿觅封侯。"
正是从本诗变化而出。诗中少妇也是个荡子妇，不过没有说是
倡家女罢了。这少妇也是"春日凝妆上翠楼"，历来论诗的人
却没有贬驳她的。潘岳《悼亡》诗第二首有句道："展转眄枕
席，长簟竟床空。床空委清尘，室虚来悲风。"这里说"枕席"，
说"床空"，却赢得千秋的称赞。可见艳妆登楼跟"空床难独守"
并不算卖弄、淫、放滥无耻。那样说的人只是凭了"昔为倡家女"
一层，将后来关于"娼妓"的种种联想附会上去，想着那荡子
妇必有种种坏念头坏打算在心里。那荡子妇会不会有那些坏想
头，我们不得而知，但就诗论诗，却只说到"难独守"就戛然
而止，还只是怨，怨而不至于怒。这并不违背温柔敦厚的诗教。
至于将不相干的成见读进诗里去，那是最足以妨碍了解的。

　　陆机《拟古》差不多亦步亦趋，他拟这一首道："靡靡麻
江离草，熠耀生河侧。皎皎彼姝女，阿那当轩织。粲粲妖容姿，
灼灼美颜色。良人游不归，偏栖独只翼。空房来悲风，中夜起
叹息。"又，曹植《七哀诗》道："明月照高楼，流光正徘徊。
上有愁思妇，悲叹有余哀。借问叹者谁？言是客子妻；君行逾
十年，贱妾常独栖。"这正是化用本篇语意。"客子"就是"荡
子"，"独栖"就是"独守"。曹植所了解的本诗的主人公，

也只是"高楼"上一个"愁思妇"而已。"倡家女"变为"彼姝女","当窗牖"变为"当轩织","粲粲妖容姿,灼灼美颜色"还保存原作的意思。"良人游不归"就是"荡子行不归",末三语是别恨离愁。这首拟作除"偏栖独只翼"一句稍稍刻露外,大体上比原诗浑含些、概括些,但是原诗作意只是写别恨离愁而止,从此却分明可以看出。陆机去十九首的时代不远,他对于原诗的了解该是不至于有什么歪曲的。

评论这首诗的都称赞前六句连用叠字。顾炎武《日知录》说:"诗用叠字最难。《卫风》(《硕人》)'河水洋洋,北流活活。施罛濊濊,鳣鲔发发。葭菼揭揭,庶姜孽孽。'连用六叠字,可谓复而不厌,赜而不乱矣。古诗'青青河畔草——纤纤出素手',连用六叠字,亦极自然。下此即无人可继。"连用叠字容易显得单调,单调就重复可厌了。而连用的叠字也不容易处处确切,往往显得没有必要似的,这就乱了。因此说是最难。但是《硕人》篇跟本诗六句连用叠字,却有变化。——《古诗源》说本诗六叠字从"河水洋洋"章化出,也许是的。就本诗而论,青青是颜色兼生态,郁郁是生态。

这两组形容的叠字,跟下文的盈盈和娥娥,都带有动词性。例如开端两句,译作白话的调子,就得说,河畔的草青青了,园中的柳郁郁了,才合原诗的意思。盈盈是仪态,皎皎是人的丰采兼窗的光明,娥娥是粉黛的妆饰,纤纤是手指的形状。各组叠字词性不一样,形容的对象不一样,对象的复杂度也不一样,就都显得确切不移;这就重复而不可厌,繁赜而不觉乱了。《硕人》篇连用叠字,也异曲同工。但这只是因难见巧,还不是连用叠字的真正理由。诗中连用叠字,只是求整齐,跟对偶有相似的作用。整齐也是一种回环复沓,可以增进情感的强度。本诗大体上是顺序直述下去,跟上一首不同,所以连用叠字来调剂那散文的结构。但是叠字究竟简单些;用两个不同的字,在声音和意义上往往要丰富些。而数句连用叠字见出整齐,也只在短的诗句像四言五言里如此;七言太长、字多,这种作用便不显了。就是四言五言,这样许多句连用叠字,也是可一而不可再。这一种手法的变化是有限度的;有人达到了限度,再用便没有意义了。只看古典的四言五言诗中只各见了一例,就是明证。所谓"下此即无人可继",并非后人才力不及古人,只是叠字本身的发展有限,用不着再去"继"罢了。

本诗除运用叠字外,还用对偶,第一、二句第七、八句都是的。第七、八句《初学记》引作"自云倡家女,嫁为荡子妇"。单文孤证,不足凭信。这里变偶句为散句,便减少了那回环复沓的情味。"自云"直贯后四句,全诗好像曲折些。但是这个"自云"凭空而来,跟上文全不衔接。再说"空床难独守"一语,作诗人代言已不免于野,若变成"自云",那就太野了些。《初学记》的引文没有被采用,这些恐怕也都有关系的。

诗

叁

# 青青陵上柏

青青陵上柏，磊磊磵中石。

人生天地间，忽如远行客。

斗酒相娱乐，聊厚不为薄。

驱车策驽马，游戏宛与洛。

洛中何郁郁，冠带自相索。

长衢罗夹巷，王侯多第宅。

两宫遥相望，双阙百余尺。

极宴娱心意，戚戚何所迫。

◎**青青陵上柏，磊磊磵中石**：言长存也。《庄子》：仲尼曰，受命于地，唯松柏独也。在冬夏常青青。《楚辞》曰：石磊磊兮葛蔓蔓。《字林》曰：磊磊，众石也。

◎**人生天地间，忽如远行客**：言异松石也。《尸子》：老莱子曰，人生于天地之间，寄也。寄者固归。《列子》曰：死人为归人，则生人为行人矣。《韩诗外传》曰：枯鱼衔索，几何不蠹？二亲之寿，忽如过客。

◎**聊厚不为薄**：郑玄《毛诗笺》曰：聊，粗略之辞也。

◎**驱车策驽马，游戏宛与洛**：《广雅》曰：驽，骀也。谓马迟钝者也。《汉书》：南阳郡有宛县。洛，东都也。

◎**王侯多第宅**：《春秋说题辞》曰：出不由里，门面大道者名曰第。

◎**两宫遥相望**：蔡质《汉宫典职》曰：南宫北宫，相去七里。

◎**戚戚何所迫**：《楚辞》曰：居戚之而不可解。

陵墓上长得青翠的柏树，溪流里堆聚成堆的石头。

人生长存活在天地之间，就好比远行匆匆的过客。

区区斗酒足以娱乐心意，虽少却胜过豪华的宴席。

驾起破马车驱赶着劣马，照样在宛洛之间游戏着。

洛阳城里是多么的热闹，达官贵人彼此相互探访。

大路边列夹杂着小巷子，随处可见王侯贵族宅第。

南北两个宫殿遥遥相望，两宫的望楼高达百余尺。

达官贵人们虽尽情享乐，却忧愁满面不知何所迫。

---

　　本诗用三个比喻开端，寄托人生不常的慨叹。陵上柏青青，磵（通涧）中石磊磊，都是长存的。青青是常青青。《庄子》："仲尼曰，'受命于地，唯松柏独也，在冬夏常青青。'"磊磊也是常磊磊——磊磊，众石也。人生却是奄忽的、短促的；"人生天地间"，只如"远行客"一般。《尸子》："老莱子曰：'人生于天地之间，寄也。'"李善说，"寄者固归。"伪《列子》，"死人为归人。"李善说，"则生人为行人矣。"《韩诗外传》，"二亲之寿，忽如过客。""远行客"那比喻大约

便是从"寄"、"归"、"过客"这些观念变化出来的。"远行客"是离家远行的客,到了哪里,是暂住便去,不久即归的。"远行客"比一般"过客"更不能久住,这便加强了这个比喻的力量,见出诗人的创造功夫。诗中将陵上柏和磵中石跟远行客般的人生对照,见得人生是不能像柏和石那样长存的。远行客是积极的比喻,柏和石是消极的比喻。陵上柏和磵中石是邻近的,是连类而及;取它们作比喻,也许是即景生情,也许是所谓"近取譬"——用常识的材料作比喻。至于李善注引的《庄子》里那几句话,作诗人可能想到运用,但并不必然。

本诗主旨可借用"人生行乐耳"一语表明。"斗酒"和"极宴"是"娱乐","游戏宛与洛"也是"娱乐";人生既"忽如远行客","戚戚"又"何所迫"呢?《汉书·东方朔传》,"销忧者莫若酒。"只要有酒,有酒友,落得乐以忘忧。极宴固可以"娱心意",斗酒也可以"相娱乐"。极宴自然有酒友,"相娱乐"还是少不了酒友。斗是舀酒的器具,斗酒为量不多,也就是"薄",是不"厚"。极宴的厚固然好,斗酒的薄也自有趣味——只消且当作厚不以为薄就行了。本诗人生不常一意显然是道家思想的影响。"聊厚不为薄"一语似乎也在模仿道家的反语如"大直若屈""大巧若拙"之类,意在说厚薄的分别是无所谓的。但是好像弄巧成拙了，这实在是一个弱句；五个字只说一层意思，还不能透彻的或痛快的说出。这句式前无古人，后无来者，只是一个要不得罢了。若在东晋玄言诗人手里，这意思便不至于写出这样的累句。也是时代使然。

游戏原指儿童。《史记·周本纪》说后稷"为儿时"，"其游戏好种树麻菽"，该是游戏的本义。本诗"游戏宛与洛"却是出以童心，一无所为的意思。洛阳是东汉的京都。宛县是南阳郡治所在，在洛阳之南；南阳是光武帝发祥的地方，又是交通要道，当时有"南都"之称，张衡特为作赋，自然也是繁盛的城市。《后汉书·梁冀传》里说，"宛为大都，士之渊薮"，可以为证。聚在这种地方的人多半为利禄而来，诗中主人公却不如此，所以说是"游戏"。既然是游戏，车马也就无所用其讲究，"驱车策驽马"也就不在乎了。驽马是迟钝的马；反正是游戏，慢点儿没有什么的。说是"游戏宛与洛"，却只将洛阳的繁华热热闹闹的描写了一番，并没有提起宛县一个字。大概是因为京都繁华第一，说了洛就可以见宛，不必再赘了罢？歌谣里本也有一种接字格，"月光光"是最熟的例子。汉乐府里已经有了，《饮马长城窟行》可见。现在的歌谣却只管接字，不管意义；全首满是片段，意义毫不衔接——全首简直无意义可言。推想古代歌谣当也有这样的，不过没有存留罢了。本诗"游戏宛与洛"下接"洛中何郁郁"，便只就洛中发挥下去，更不照应上句，许就是古代这样的接字歌谣的遗迹，也未可知。

诗中写东都，专从繁华着眼。开手用了"洛中何郁郁"一句赞叹，"何郁郁"就是"多繁盛呵！""多热闹呵！"游戏就是来看热闹的，也可以说是来凑热闹的，这是诗中主人公的趣味。以下分三项来说，冠带往来是一，衢巷纵横，第宅众多是二，宫阙壮伟是三。"冠带自相索"，冠带的人是贵人，贾逵《国语注》："索，求也。""自相索"是自相往来不绝的意思。"自相"是说贵人只找贵人，不把别人放在眼下，同时也有些别人不把他们放在眼下，尽他们来往他们的——他们的来往无非趋势利、逐酒食而已。这就带些刺讥了。"长衢罗夹巷，王侯多第宅"，罗就是列，《魏王奏事》说，"出不由里门，面大道者，名曰第"，第只在长衢上。"两宫遥相望，双阙百余尺"，蔡质《汉宫典职》说，"南宫北宫相去七里"，双阙是每一宫门前的两座望楼。这后两项固然见得京都的伟大，可是更见得京都的贵盛。将第一项合起来看，本诗写东都的繁华，又是专从贵盛着眼。这是诗，不是赋，不能面面俱到，只能选择最显著、最重要的一面下手。至于"极宴娱心意"，便是上文所谓凑热闹了。"戚戚何所迫",《论语》"小人长戚戚",戚戚,常忧惧也。一般人常怀忧惧,有什么迫不得已呢?——无非为利禄罢了。短促的人生,不去饮酒、游戏,却为无谓的利禄自苦,未免太不值得了。这一句不单就"极宴"说,是总结全篇的。

本诗只开头两句对偶,"斗酒"两句跟"极宴"两句复沓;大体上是散行的。而且好像说到哪里是哪里,不嫌其尽的样子,从"斗酒相娱乐"以下都如此——写洛中光景虽自有剪裁,却也有如方东澍《昭昧詹言》说的,"极其笔力,写到至足处"。这种诗有点散文化,不能算是含蓄蕴藉之作,可是不失为严羽《沧浪诗话》所谓"沉着痛快"的诗。历来论诗的都只赞叹十九首的"优柔善入,婉而多风",其实并不尽然。

# 今日良宴会

今日良宴会，欢乐难具陈。

弹筝奋逸响，新声妙入神。

令德唱高言，识曲听其真。

齐心同所愿，含意俱未申。

人生寄一世，奄忽若飙尘。

何不策高足，先据要路津。

无为守穷贱，辗轲长苦辛。

◎今日良宴会，欢乐难具陈：毛苌《诗传》曰：良，善也。陈，犹说也。

◎新声妙入神：刘向《雅琴赋》曰：穷音之至入于神。

◎令德唱高言，识曲听其真：《左氏传》：宋昭公曰，光昭先君之令德。

《庄子》曰：是以高言不止于众人之口。《广雅》曰：高，上也，

谓辞之美者。真，犹正也。

◎齐心同所愿：所愿，谓富贵也。

◎奄忽若飙尘：人生若寄，已见上一注。《方言》曰：奄，遽也。《尔

雅》曰：飘飙谓之猋。《尔雅》或为此飙。

◎何不策高足：高，上也，亦谓逸足也。

◎辗轲长苦辛：《楚辞》曰；年既过太半，然辒轲不遇也，辗

与辒同。

今日的宴会多美好，简直有说不完的欢乐。

这首筝曲不同凡俗，新鲜的胡乐出神入化。

懂得享受美的人，对着乐曲抒发心中的感慨；知音者能体会出音乐的真意。

音乐的真意是大家的共同心愿，只是谁都不愿赤裸裸地说出来。

人生像寄旅一样只有一世，犹如尘土，刹那间便被那疾风吹散。

为什么不想办法捷足先登，先高居要位而安乐享富贵荣华呢？

不要因贫贱而常忧愁失意，不要因不得志而辛苦地煎熬。

这首诗所咏的是听曲感心，主要的是那种感，不是曲，也不是宴会。但是全诗从宴会叙起，一路迤逦说下去，顺着事实的自然秩序，并不特加选择和安排。前八语固然如此；以下一番感慨，一番议论，一番"高言"，也是痛快淋漓，简直不怕说尽。这确是近乎散文。十九首还是乐府的体裁，乐府原只像现在民间的小曲似的，有时随口编唱，近乎散文的地方是常有的。十九首虽然大概出于文人之手，但因模仿乐府，散文的成分不少；不过都还不失为诗。本诗也并非例外。

开端四语只是直陈宴乐。这一日是"良宴会"，乐事难以备说；就中只提乐歌一件便可见。"新声"是歌，"弹筝"是乐，是伴奏。新声是胡乐的调子，当时人很爱听。这儿的新声也许就是"西北有高楼"里的"清商","东城一何高"里的"清曲"。陆侃如先生的《中国诗史》据这两条引证以及别的，说清商曲在汉末很流行，大概是不错的。弹唱的人大概是些"倡家女"，从"西北有高楼"、"东城一何高"二诗可以推知。这里只提乐歌一事，一面固然因为声音最易感人——"入神"便是"感人"的注脚；刘向《雅琴赋》道，"穷音之至入于神"，可以参看——一面还是因为"识曲听真"，才引起一番感慨，才引起这首诗。这四语是引子，以下才是正文。再说这里"欢乐难具陈"下直接"弹筝"二句，便见出"就中只说"的意思，无须另行提明，是诗体比散文简省的地方。

"令德唱高言"以下四语，歧说甚多。上二语朱筠《古诗十九首说》说得最好："'令德'犹言能者。'唱高言'，高谈阔论，在那里说其妙处，欲令'识曲'者'听其真'。"曲有声有辞。一般人的赏识似乎在声而不在辞。只有聪明人才会赏玩曲辞，才能辨识曲辞的真意味。这种聪明人便是知音的"令德"。"高言"就是妙论，就是"人生寄一世"以下的话。"唱"是"唱和"的"唱"。聪明人说出座中人人心中所欲说而说不出的一番话，大家自是欣然应和的；这也在"今日"的"欢乐"之中。"齐心同所愿"是人人心中所欲说，"含意俱未申"是口中说不出。二语中复沓着"齐"、"同"、"俱"等字，见得心同理同，人人如一。

曲辞不得而知。但是无论歌咏的是富贵人的欢悰还是穷贱人的苦绪，都能引起诗中那一番感慨。若是前者，感慨便由于相形见绌；若是后者，便由于同病相怜。话却从人生如寄开始。既然人生如寄，见绌便更见绌，相怜便更相怜了。而"人生一世"不但是"寄"，简直像卷地狂风里的尘土，一忽儿就无踪影。这就更见迫切。"飙尘"当时是个新比喻，比"寄"比"远行客"更"奄忽"，更见人生是短促的。人生既是这般短促，自然该及时欢乐，才不白活一世。富贵才能尽情欢乐，"穷贱"只有"长苦辛"，那么，为什么"守穷贱"呢？为什么不赶快去求富贵呢？

"何不策高足，先据要路津？"就是"为什么不赶快去求富贵呢？"这儿又是一个新比喻。"高足"是良马、快马，"据要路津"便是《孟子》里"夫子当路于齐"的"当路"。何不驱车策良马先去占住路口、渡口——何不早早弄个高官做呢？贵了也就富了。"先"该是捷足先得的意思。《史记》："蒯通曰，'秦失其鹿，天下共逐之，高材捷足者先得焉。'"正合"何不"两句语意。从尘想到车，从车说到"辙轲"，似乎是一串儿，并非偶然。辙轲，不遇也；《广韵》，"车行不利曰�轲，故人不得志亦谓之God轲。"" "车行不利" 是God轲的本义，"不遇" 是引申义。《楚辞》里已只用引申义，但本义存在偏旁中，是不易埋没的。本诗用的也是引申义，可是同时牵涉着本义，和上文相照应。"无为" 就是 "毋为"，等于 "毋"。这是一个熟语。《诗经·板》篇有 "无为夸毗" 一句，郑玄《笺》作 "女（汝）无（毋）夸毗"，可证。

"何不" 是反诘，"无为" 是劝诫，都是迫切的口气。那 "令德" 和在座的人说，我们何不如此如此呢？我们再别如彼如彼了啊！人生既 "奄忽若飙尘"，欢乐自当亟亟求之，富贵自当亟亟求之，所以用得着这样迫切的口气。这是诗。这同时又是一种不平的口气。富贵是并不易求的；有些人富贵，有些人穷贱，似乎是命运使然。穷贱的命不犹人，心有不甘；"何不" 四语便是那怅惘不甘之情的表现。这也是诗。明代钟惺说，"欢宴未毕，忽作热中语，不平之甚。"陆时雍说，"慷慨激昂。'何不——苦辛'，正是欲而不得。"清代张玉谷说，"感愤自嘲，不嫌过直。"都能搔着痒处。诗中人却并非孔子的信徒，没有安贫乐道，"君子固穷" 等信念。他们的不平不在守道而不得时，只在守穷贱而不得富贵。这也不失其为真。有人说是 "反辞"、"诡辞"，是 "讽" 是 "谲"，那是蔽于儒家的成见。

陆机拟作变"高言"为"高谈",他叙那"高谈"道:"人生无几何,为乐常苦晏。譬彼伺晨鸟,扬声当及旦。曷为恒忧苦,守此贫与贱!""伺晨鸟"一喻虽不像"策高足"那一喻切露,但"扬声当及旦"也还是"亟亟求之"的意思。而上文"为乐常苦晏",原诗却未明说;有了这一语,那"扬声"自然是求富贵而不是求荣名了。这可以旁证原诗的主旨。

# 西北有高楼

西北有高楼，上与浮云齐。

交疏结绮窗，阿阁三重阶。

上有弦歌声，音响一何悲！

谁能为此曲，无乃杞梁妻。

清商随风发，中曲正徘徊。

一弹再三叹，慷慨有余哀。

不惜歌者苦，但伤知音稀。

愿为双鸣鹤，奋翅起高飞。

◎西北有高楼：西北，乾位，君之居也。

◎阿阁三重阶：阿阁，四面有曲檐的楼阁。这句是说阿阁建在有三层阶梯的高台上。

◎上有弦歌声，音响一何悲：《论语》曰：子游为武城宰，闻弦歌之声。《说苑》：应侯曰，今日之葬，今日之琴，一何悲也！

◎无乃杞梁妻：无乃，是"莫非"、"大概"的意思。杞梁妻的故事，最早见于《左传·襄公二十三年》，后来许多书都有记载。据说齐国大夫杞梁，出征莒国，战死在莒国城下。其妻临尸痛哭，一连哭了十个日夜，连城也被她哭塌了。《琴曲》有《杞梁妻叹》，《琴操》说是杞梁妻作，《古今注》说是杞梁妻妹朝日所作。

◎清商随风发：清商，乐曲名，声情悲怨。清商曲音清越，宜于表现哀怨的情绪。

◎慷慨有余哀：《说文》曰：叹，太息也。又曰：慷慨，壮士不得志于心也。

在西北方有一座高楼矗立眼前，巍峨高耸像是与浮云齐高。

高楼镂着花纹的木条，交错成绮文的窗格，四周是高翘的阁檐，阶梯有层叠三重。

楼上飘来弦歌之声，这声音是多么的让人悲伤啊！

是何人在弹奏？莫非是那杞梁妻一般的人吗？

这乐声随着风儿引发多少凄凉！悲弦奏到中段，旋律又回环往复。

琴韵和叹息声中，抚琴堕泪的佳人慷慨哀痛的声音不已。

我难过的不只是歌者心有痛苦，而是她内心的痛苦没有人理解。

我愿与歌者同心，作那心心相印的鸿鹄，从此结伴高飞，去无限广阔的蓝天白云里遨游。

---

这首诗所咏的也是闻歌心感。但主要的是那"弦歌"的人，是从歌曲里听出的那个人。这儿弦歌的人只是一个，听歌心感的人也只是一个。"西北有高楼"，"弦歌声"从那里飘下来，弦歌的人是在那高楼上。那高楼高入云霄，可望而不可即。四

面的窗子都"交疏结绮"，玲珑工细。"交疏"是花格子，"结绮"是格子连接着像丝织品的花纹似的。"阁"就是楼，"阿阁"是"四阿"的楼。司马相如《上林赋》有"离宫别馆，……高廊四注"的话，"四注"就是"四阿"，也就是四面有檐，四面有廊。"三重阶"，可见楼不在地上而在台上。阿阁是宫殿的建筑，即使不是帝居，也该是王侯的第宅。在那高楼上弦歌的人自然不是寻常人，更只可想而不可即。

弦歌声的悲引得听者驻足。他听着，好悲啊！真悲极了！"谁能作出这样悲的歌曲呢？莫不是杞梁妻吗？"齐国杞梁的妻子"善哭其夫"，见于《孟子》。《列女传》道："杞梁之妻无子，内外皆无五属之亲。既无所归，乃枕其夫之尸于城下而哭。内诚动人，道路过者莫不为之挥涕，十日而城为之崩。"《琴曲》有杞梁妻叹，《琴操》说是杞梁妻所作。《琴操》说：梁死，"妻叹曰：'上则无父，中则无夫，下则无子，将何以立吾节？亦死而已！'援琴而鼓之。曲终，遂自投淄水而死。"杞梁妻善哭，《杞梁妻叹》是悲叹的曲调。

本诗引用这桩故事，也有两层意思。第一是说那高楼上的弦歌声好像《杞梁妻叹》那样悲。"谁能"二语和别一篇古诗里"谁能为此器？公输与鲁班！"句调相同。那两句只等于说，

"这东西巧妙极了！"这两句在第一意义下，也只等于说，"这曲子真悲极了！"说了"一何悲"，又接上这两句，为的是增强语气；"悲"还只是概括的，这两句却是具体的——"音响一何悲"的"音响"似乎重复了上句的"声"，似乎只是为了凑成五言。古人句律宽松，这原不足为病。但《乐记》里说"声成文谓之音"，而响为应声也是古义，那么，分析的说起来，"声"和"音响"还是不同的。"谁能"二语，假设问答，本是乐府的体裁。乐府多一半原是民歌，民歌有些是对着大众唱的，用了问答的语句，有时只是为使听众感觉自己在歌里也有份儿——答语好像是他们的。但那别一篇古诗里的"谁能"二语跟本诗里的，除应用这个有趣味的问答式之外，还暗示一个主旨。那就是，只有公输与鲁班能为此器（香炉），只有杞梁妻能为此曲。本诗在答句里多了"无乃"这个否定的反诘语，使语气婉转些。

这儿语气带些犹疑，却是必要的。"谁能"二句其实是双关语，关键在"此曲"上。"此曲"可以是旧调旧辞，也可以是旧调新辞——下文有"清商随风发"的话，似乎不会是新调。可以是旧调旧辞，便蕴涵着"谁能"二句的第一层意思，就是上节所论的。可以是旧调新辞，便蕴涵着另一层意思。这就是说，为此曲者莫不是杞梁妻一类人吗？——曲本兼调和辞而言。这也就是说那位"歌者"莫不是一位冤苦的女子吗？宫禁里，侯门中，怨女一定是不少的；《长门赋》《团扇辞》《乌鹊双飞》所说的只是些著名的，无名的一定还多。那高楼上的歌者可能就是一个，至少听者可以这样想，诗人可以这样想。陆机拟作里便直说道："佳人抚琴瑟，纤手清且闲。芳气随风结，哀响馥若兰。玉容谁得顾？倾城在一弹。"语语都是个女人。曹植《七哀诗》开端道："明月照高楼，流光正徘徊。上有愁思妇，悲叹有余哀。"似乎也多少袭用本诗的意境，那高楼上也是个女人。这些都可供旁证。

　　"上有弦歌声"是叙事，"音响一何悲"是感叹句，表示曲的悲，也就是表示人——歌者跟听者——的悲。"谁能"二语进一步具体的写曲写人。"清商"四句才详细的描写歌曲本身，可还兼顾着人。朱筠说"随风发"是曲之始，"正徘徊"是曲之中，"一弹三叹"是曲之终，大概不错。商音本是"哀响"，加上"徘徊"，加上"一弹再三叹"，自然"慷慨有余哀"。徘徊，《后汉书·苏竟传》注说是"萦绕淹留"的意思。歌曲的徘徊也正暗示歌者心头的徘徊，听者足下的徘徊。《乐记》说，"'清庙'之瑟……壹倡而三叹，有遗音者矣"，郑玄注，"倡，发歌句也，三叹，三人从而叹之耳。"这个叹大概是和声。本诗"一弹再三叹"大概也指复沓的曲句或泛声而言；一面还照顾着杞梁的妻的叹，增强曲和人的悲。《说文》，"慷慨，壮士不得志于心也。"这儿却是怨女的不得志于心——也许有人想，宫禁千门万户，侯门也深如海，外人如何听得清高楼上的弦歌声呢？这一层，姑无论诗人设想原可不必黏滞实际，就从实际说，也并非不可能的；唐代元稹的《连昌宫词》里不是说过吗，"李谟撽笛傍宫墙，偷得新翻数般曲"？还有，陆机说"佳人抚琴瑟"，抚琴瑟自然是想象之辞；但参照别首，或许是"弹筝奋逸响"也未可知。

　　歌者的苦，听者从曲中听出想出，自然是该痛惜的。可是他说"不惜"，他所伤心的只是听她的曲而知她的心的人太少了。其实他是在痛惜她，固然痛惜她的冤苦，却更痛惜她的知音太少。一个不得志的女子禁闭在深宫内院里，苦是不消说的，更苦的是有苦说不得；有苦说不得，只好借曲写心，最苦的是没人懂得她的歌曲，知道她的心。这样说来，"知音稀"真是苦中苦，别的苦还在其次。"不惜""但伤"是这个意思。这里是诗比散文经济的地方。知音是引用俞伯牙、钟子期的故事。伪《列子》道："伯牙善鼓琴，钟子期善听。伯牙鼓琴，志在登高山，钟子期曰，'善哉！峨峨兮若泰山。'志在流水，钟子期曰，'善哉！洋洋兮若江河。'伯牙所念，钟子期必得之。"《列子》虽是伪书，但这个故事来源很古（《吕氏春秋》中有）；因为《列子》里叙得合用些，所以引在这里。"伯牙所念，钟子期必得之"，这才是"善听"，才是知音。这样的知音也就是知心、知己，自然是很难遇的。

　　本诗的主人公是那听者，全首都是听者的口气。"不惜"的是他，"但伤"的是他，"愿为双鸣鹤，奋翅起高飞！""愿"的也是他。这末两句似乎是乐府的套语。"东城高且长"篇末作"思为双飞燕，衔泥巢君屋"；伪苏武诗第二首袭用本诗的地方很多，篇末也说"愿为双黄鹄，送子俱远飞"，篇中又有"何况双飞龙，羽翼临当乖"的话。苏武诗虽是伪托，时代和十九首相去也不会太远的。从本诗跟"东城高且长"看，双飞鸟的比喻似乎原是用来指男女的——伪苏武诗里的双飞龙，李善《文选注》说是"喻己及朋友"，双黄鹄无注，李善大概以为跟双飞龙的喻意相同。这或许是变化用之。——本诗的双鸣鹤，该是比喻那听者和那歌者。一作双鸿鹄，意同。鹤和鸿鹄都是鸣声嘹亮，跟"知音"相照应。"奋翼"句也许出于《楚辞》的"将奋翼兮高飞"。高，远也，见《广雅》。但《诗经·邶风·柏舟》

篇末"静言思之，不能奋飞"二语的意思，"愿为"两句里似乎也蕴涵着。这是俞平伯先生在《葺芷缭衡室古诗札记》里指出的。那二语却是一个受苦的女子的话。唯其那歌者不能奋飞，那听者才"愿"为鸣鹤，双双奋飞。不过，这也只是个"愿"，表示听者的"惜"的"伤"，表示他的深切的同情罢了，那悲哀终于是"绵绵无尽期"的。

# 涉江采芙蓉

涉江采芙蓉，兰泽多芳草。

采之欲遗谁，所思在远道。

还顾望旧乡，长路漫浩浩。

同心而离居，忧伤以终老。

◎兰泽多芳草：兰泽，生长着兰草的沼泽地。

◎采之欲遗谁，所思在远道：《楚辞》曰：折芳馨兮遗所思。遗：赠予。

所思：指所思念的人。

◎还顾望旧乡，长路漫浩浩：郑玄《毛诗笺》曰：回首曰顾。旧乡，

指故乡。漫浩浩，犹言漫漫浩浩，这里用以形容路途的广宽无边。

◎同心而离居，忧伤以终老：《周易》曰：二人同心。《楚辞》曰：

将以遗兮离居。《毛诗》曰：假寐永叹，维忧用老。同心，为古代

习用的成语，多用于男女之间的爱情或夫妇感情融洽指感情深厚。

---

译

我踏过江水去采荷花，生有兰草的水泽中长满了香草。

采了荷花要送给谁呢？我想要送给远方的爱人。

回头看那一起生活过的故乡，长路漫漫，遥望无边无际。

两心相爱却要两地分离，愁苦忧伤以至终老异乡。

这首诗的意旨只是游子思家。诗中引用《楚辞》的地方很多，成辞也有，意境也有；但全诗并非思君之作。十九首是仿乐府的，乐府里没有思君的话，汉魏六朝的诗里也没有，本诗似平不会是例外。"涉江"是《楚辞》的篇名，屈原所作的《九章》之一。本诗是借用这个成辞，一面也多少暗示着诗中主人的流离转徙——《涉江》篇所叙的正是屈原流离转徙的情形。采芳草送人，本是古代的风俗。《诗经·郑风·溱洧》篇道："溱与洧，方涣涣兮。士与女，方秉蕑兮。"《毛传》，"蕑，兰也。"《诗》又道："且往观乎，洧之外，洵訏于且乐。维士与女，伊其相谑，赠之以勺药。"郑玄《笺》说士与女分别时，"送女以勺药，结恩情也。"《毛传》说勺药也是香草。《楚辞》也道："采芳洲兮杜若，将以遗兮下女"，搴汀洲兮杜若，将以遗兮远者"，"被石兰兮带杜衡，折芳馨兮遗所思"，"折疏麻兮瑶华，将以遗兮离居"。可见采芳相赠，是结恩情的意思，男女都可，远近也都可。

　　本诗"涉江采芙蓉，兰泽多芳草"便说的采芳。芙蓉是莲花，《溱洧》篇的蕑，《韩诗》说是莲花；本诗作者也许兼用《韩诗》的解释。莲也是芳草。这两句是两回事。河里采芙蓉是一回事，兰泽里采兰另是一事。"多芳草"的芳草就指兰而言。《楚辞·招魂》道，"皋兰被径兮斯路渐"，王逸注，"渐，没也，言泽中香草茂盛，覆被径路。"这正是"兰泽多芳草"的意思。《招魂》那句下还有"目极千里兮伤春心，魂兮归来哀江南"二语。本诗"兰泽多芳草"引用《招魂》，还暗示着伤春思归的意思。采芳草的风俗，汉代似乎已经没有。作诗人也许看见一些芳草，即景生情，想到古代的风俗，便根据《诗经》《楚辞》，虚拟出采莲采兰的事实来。诗中想象的境地本来多，只要有暗示力就成。

采莲采兰原为的送给"远者"、"所思"的人、"离居"的人——这人是"同心"人，也就是妻室。可是采芳送远到底只是一句自慰的话，一个自慰的念头；道路这么远这么长，又怎样送得到呢？辛辛苦苦的东采西采，到手一把芳草；这才恍然记起所思的人还在远道，没法子送去。那么，采了这些芳草是要给谁呢？不是白费吗？不是愚吗？古人道，"诗之失，愚"，正指这种境地说。这种愚只是无可奈何的自慰。"采之欲遗谁，所思在远道。"不是自问自答，是一句话，是自诘自嘲。

记起了"所思在远道"，不免爽然自失。于是乎"还顾望旧乡"。《涉江》里道，"乘鄂渚而反顾兮"，《离骚》里也有"忽临睨夫旧乡"的句子。古乐府道，"远望可以当归"；"还顾望旧乡"又是一种无可奈何的自慰。可是"长路漫浩浩"，旧乡哪儿有一些踪影呢？不免又是一层失望。漫漫，长远貌，《文选》左思《吴都赋》刘渊林注。浩浩，广大貌，《楚辞·怀沙》王逸注。这一句该是"长路漫漫浩浩"的省略。漫漫省为漫，叠字省为单辞，《诗经》里常见。这首诗以前，这首诗以后，似乎都没有如此的句子。"还顾望旧乡"一语，旧解纷歧。一说，全诗是居者思念行者之作，还顾望乡是居者揣想行者如此这般（姜任修《古诗十九首绎》、张玉谷《古诗赏析》）。曹丕《燕歌行》道，"念君客游思断肠，慊慊思归恋故乡"，正是居者从对面揣想。但那里说出"念君"，脉络分明。本诗的"还顾"若也照此解说，却似乎太曲折些。这样曲折的组织，唐宋诗里也只偶见，古诗里是不会有的。

本诗主人在两层失望之余，逼得只有直抒胸臆；采芳既不能赠远，望乡又茫无所见，只好心上温寻一番罢了。这便是"同心而离居，忧伤以终老"二语。由相思而采芳草，由采芳草而望旧乡，由望旧乡而回到相思，兜了一个圈子，真是无可奈何到了极处。所以有"忧伤以终老"这样激切的口气。《周易》，"二人同心"，这里借指夫妇。同心人该是生同室，死同穴，所谓"偕老"。现在却"同心而离居"；"道路阻且长，会面安可知"，想来是只有忧伤终老的了！"而离居"的"而"字包括着离居的种种因由、种种经历；古诗浑成，不描写细节，也是时代使然。但读者并不感到缺少，因为全诗都是粗笔，这儿一个"而"字尽够咀嚼的。"忧伤以终老"一面是怨语，一面也重申"同心"的意思——是说尽管忧伤，决无两意。这两句兼说自己和所思的人，跟上文专说自己的不同；可是下句还是侧重在自己身上。

　　本诗跟"庭中有奇树"一首，各只八句，在十九首中是最短的。这一首里复沓的效用最易见。首二语都是采芳草。"远道"一面跟"旧乡"是一事，一面又跟"长路漫浩浩"是一事。八句里虽然复沓了好些处，却能变化。"涉江"说"采"，下句便省去"采"字，句式就各别；而两语的背景又各不相同。远道是泛指，旧乡是专指；远道是"天一方"，"长路漫浩浩"是这"一方"到那"一方"的中间。这样便不单调。而诗中主人相思的深切却得藉这些复沓处显出。既采莲，又采兰，是唯恐恩情不足。所思的人、所在的地方，两次说及，也为的增强力量。既说道远，又说路长，再加上"漫浩浩"，只是"会面安可知"的意思。这些都是相思，也都是"忧伤"，都是从"同心而离居"来的。

诗
—
柒

# 明月皎夜光

明月皎夜光，促织鸣东壁。

玉衡指孟冬，众星何历历。

白露沾野草，时节忽复易。

秋蝉鸣树间，玄鸟逝安适。

昔我同门友，高举振六翮。

不念携手好，弃我如遗迹。

南箕北有斗，牵牛不负轭。

良无磐石固，虚名复何益。

◎促织鸣东壁：《春秋考异邮》曰：立秋趣织鸣。促织：蟋蟀的别名，一作"趣织"。

◎玉衡指孟冬：玉衡，指北斗七星中的第五星。孟冬，本指冬季的第一个月，此处指方位。玉衡星已经指向孟冬亥宫之方向——西北方，时已过夜半。

◎玄鸟逝安适：《礼记》曰：玄鸟，燕也。

◎不念携手好：《毛诗》曰：惠而好我，携手同车。携手好，指共患难的友谊。

◎南箕北有斗：南箕，箕宿四星，形似簸箕。

◎良无磐石固：良，信也。磐石，特大石，用以象征坚定不移的感情。

---

译

　　明亮皎洁的月光照耀着夜空，东边墙角下不地传来蟋蟀的吟唱。

　　北斗星中的玉衡星已指向了孟冬，天上众多的星星是这样闪烁璀璨。

晶莹的露珠啊已沾满了地上的野草，时节流转，转瞬间又是夏去秋来。

树枝间传来秋蝉断续的鸣叫，燕子啊不知又要飞往何方。

昔日与我携手同游的同门好友，已经举翅高飞腾达青云了。

可是他们一点也不念曾经的交情，就像行人遗弃脚印一样把我抛弃！

箕宿四星、斗宿六星都不能用来盛物斟酒，牵牛星也不能用来负轭拉车！

再好的友情也不能像磐石那样坚固，仔细想来炎凉世态虚名又有何用？

---

这首诗是怨朋友不相援引，语意明白。这是秋夜即兴之作。《诗经·月出》篇，"月出皎兮。……劳心悄兮。""明月皎夜光"一面描写景物，一面也暗示着悄悄的劳心。促织是蟋蟀的别名。"鸣东壁"，"东壁向阳，天气渐凉，草虫就暖也"（张庚《古诗十九首解》）。《诗经·七月》篇道，"七月在野，八月在宇，九月在户，十月蟋蟀入我床下"，可以参看。《春秋说题辞》说："趣（同促）织之为言趣（促）也。织与事逯，故趣织鸣，女作兼也。"本诗不用蟋蟀而用促织，也许略含有

别人忙于工作，而自己却偃塞无成的意思。

　　"玉衡指孟冬，众星何历历"也是秋夜所见。但与"明月皎夜光"不同时，因为有月亮的当儿，众星是不大显现的。这也许指的上弦夜，先是月明，月落了，又是星明；也许指的是许多夜。这也暗示秋天夜长，诗中主人"忧愁不能寐"的情形。玉衡见《尚书·尧典》（伪古文见《舜典》）是一支玉管儿，插在璇玑（一种圆而可转的玉器）里窥测星象的。这儿却借指北斗星的柄。北斗七星，形状像个舀酒的大斗——长柄的勺子。第一星至第四星成勺形，叫斗魁，第五星至第七星成柄形，叫斗杓，也叫斗柄。《汉书·律历志》已经用玉衡比喻斗杓，本诗也是如此。古人以为北斗星一年旋转一周，他们用斗柄所指的方位定十二月二十四节气。斗柄指着什么方位，他们就说是哪个月哪个节气。这在当时是常识，差不多人人皆知。"玉衡指孟冬"，便是说斗柄已经指着孟冬的方位了；这其实也就是说，现在已到了冬令了。

　　这一句里的孟冬，李善说是夏历的七月，因为汉初是将夏历的十月作正月的。历来以为十九首里有西汉诗的，这句诗是重要的客观的证据。但古代历法，向无定论。李善的话也只是一种意见，并无明确的记载可以考信。俞平伯先生在《清华学报》曾有长文讨论这句诗，结论说它指的是夏历九月中。这个结论很可信。陆机拟作道："岁暮凉风发，昊天肃明明。招摇西北指，天汉东南倾。"招摇是北斗的别名。"招摇西北指"该与"玉衡指孟冬"同意。据《淮南子·天文训》，斗柄所指，西北是夏历九月十月之交的方位，而正西北是立冬的方位。本诗说"指孟冬"，该是作于夏历九月立冬以后；斗柄所指该是西北偏北的方位。这跟诗中所写别的景物都无不合处。"众星何历历！"历历是分明。秋季天高气清，所谓"昊天肃明明"，众星更觉分明，所以用了感叹的语调。

"明月皎夜光"四语，就秋夜的见闻起兴。"白露沾野草，时节忽复易。秋蝉鸣树间，玄鸟逝安适！"却接着泛写秋天的景物。《礼记》，"孟秋之月，白露降"，又，"孟秋，寒蝉鸣"，又，"仲秋之月，玄鸟归"——郑玄注，玄鸟就是燕子。《礼记》的时节只是纪始。九月里还是有白露的，虽然立了冬，而立冬是在霜降以后，但节气原可以早晚些。九月里也还有寒蝉。八月玄鸟归，九月里说"逝安适"，更无不可。这里"时节忽复易"兼指白露、秋蝉、玄鸟三语；因为白露同时是个节气的名称，便接着"沾野草"说下去。这四语见出秋天一番萧瑟的景象，引起宋玉以来传统的悲秋之感。而"时节忽复易"，

"岁暮一何速"（"东城高且长"中句），诗中主人也是"贫士失职而志不平"，也是"淹留而无成"（宋玉《九辩》），自然感慨更多。

"昔我同门友"以下便是他自己的感慨来了。何晏《论语集解》"有朋自远方来，不亦乐乎！"下引包咸曰，"同门曰朋。"邢昺《疏》引郑玄《周礼注》，"同门曰朋，同志曰友。"说同门是同在师门受学的意思。同门友是很亲密的，所以下文有"携手好"的话。《诗经》里道，"惠而好我，携手同车"，也是很亲密的。从前的同门友现在是得意起来了。"高举振六翮"是比喻。《韩诗外传》，"盖桑曰，'夫鸿鹄一举千里，所恃者六翮耳。'"翮是羽茎，六翮是大鸟的翅膀。同门友好像鸿鹄一般高飞起来了。上文说玄鸟，这儿便用鸟作比喻。前面两节的联系就靠这一点儿，似连似断的。同门友得意了，却"不念携手好，弃我如遗迹"了。《国语·楚语》下，"灵王不顾于民，一国弃之，如遗迹焉。"韦昭注，像行路人遗弃他们的足迹一样。今昔悬殊，云泥各判，又怎能不感慨系之呢？

"南箕北有斗，牵牛不负轭"，李善注，"言有名而无实也。"《诗经》："维南有箕，不可以簸扬；维北有斗，不可以挹酒浆。""睆彼牵牛，不以服箱。"箕是簸箕，用来扬米去糠。服箱是拉车。负轭是将轭架在牛颈上，也还是拉车。名为箕而不能簸米，名为斗而不能舀酒，名为牛而不能拉车，所以是"有名而无实"。无实的名只是"虚名"。但是诗中只将牵牛的有名无实说出，"南箕"、"北有斗"却只引《诗经》的成辞，让读者自己去联想。这种歇后的手法，偶然用在成套的比喻的一部分里，倒也新鲜，见出巧思。这儿的箕、斗、牵牛虽也在所见的历历众星之内，可是这两句不是描写景物而是引用典故来比喻朋友。朋友该相援引，名为朋友而不相援引，朋友也只是"虚名"。"良无磐石固"，良，信也，声类，"磐，大石也。"固是"不倾移"，《周易·系辞》下"德之固也"注如此；《荀子·儒效》篇也道，"万物莫足以倾之之谓固。"《孔雀东南飞》里兰芝向焦仲卿说："君当作磐石，妾当作蒲苇。蒲苇纫如丝，磐石无转移。"仲卿又向兰芝说："磐石方且厚，可以卒千年。"可见"磐石固"是大石头稳定不移的意思。照以前"同门"、"携手"的情形，交情该是磐石般稳固的。可是现在"弃我如遗迹"了，交情究竟没有磐石般稳固呵。那么，朋友的虚名又有什么用处呢！只好算白交往一场罢了。

本诗只开端二语是对偶，"秋蝉"二语偶而不对，其余都是散行句。前节描写景物，也不尽依逻辑的顺序，如促织夹在月星之间，以及"时节忽复易"夹在白露跟秋蝉玄鸟之间。但诗的描写原不一定依照逻辑的顺序，只要有理由。"时节"句上文已论。"促织"句跟"明月"句对偶着，也就不觉得杂乱。而这二语都是韵句，韵脚也给它们凝整的力量。再说从大处看，由秋夜见闻起手，再写秋天的一般景物，层次原也井然。全诗又多直陈，跟"青青陵上柏"、"今日良宴会"有相似处，但结构自不相同。诗中多用感叹句，如"众星何历历"、"时节忽复易"、"玄鸟逝安适"、"虚名复何益"也和"青青陵上柏"里的"极宴娱心意，戚戚何所迫！"，"今日良宴会"里的"何不策高足，先据要路津？无为守穷贱，轗轲长苦辛！"相似。直陈要的是沉着痛快，感叹句能增强这种效用。诗中可也用了不少比喻。六翮、南箕、北斗、牵牛，都是旧喻新用，磐石是新喻，玉衡、遗迹，是旧喻。这些比喻，特别是箕、斗、牵牛那一串儿，加上开端二语牵涉到的感慨，足以调剂直陈诸语，免去专一的毛病。本诗前后两节联系处很松泛，上面已述及，松泛得像歌谣里的接字似的。"青青陵上柏"里利用接字增强了组织，本诗六翮接玄鸟，前后是长长的两节，这个效果便见不出。不过，箕、斗、牵牛既照顾了前节的"众星何历历"，而从传统的悲秋到失志无成之感到怨朋友不相援引，逐层递进，内在的组织原也一贯。所以诗中虽有些近乎散文的地方，但就全体而论，却还是紧凑的。

诗

捌

# 冉冉孤生竹

冉冉孤生竹，结根泰山阿。

与君为新婚，兔丝附女萝。

兔丝生有时，夫妇会有宜。

千里远结婚，悠悠隔山陂。

思君令人老，轩车来何迟。

伤彼蕙兰花，含英扬光辉。

过时而不采，将随秋草萎。

君亮执高节，贱妾亦何为？

## 注

◎**冉冉孤生竹，结根泰山阿**：冉，本义为毛柔弱下垂的样子，这里引申为柔弱下垂貌。阿，本义指大的山陵、大的土山，这里指曲处。竹根结于山阿，喻妇人托身于君子也。

◎**兔丝附女萝**：女萝，地衣类植物，依附他物生长，但不能为他物所依附。

◎**兔丝生有时，夫妇会有宜**：生有时，是说草木有繁盛也有枯萎，以喻人生有少壮也有衰老。时，本义指季度、季节。会，聚会，指夫妇的同居。

◎**轩车来何迟**：轩车，是有屏蔽的车。古代大夫以上乘"轩车"。这位女子的丈夫婚后远行，当然是为了寻求功名富贵，"轩车"是她的想象，并非实指。

◎**伤彼蕙兰花，含英扬光辉**：伤彼，意为自伤。蕙兰花，为女子自比。

◎**君亮执高节**：亮，同"谅"，料想。执高节，即守节情不移的意思。《尔雅》曰：亮，信也。

·073

　　我好像那荒野里孤生的野竹，希望能在大山谷里找到依靠的伴侣。

　　你我相亲新婚时你远赴他乡，犹如菟丝附女萝我仍孤独而无依靠。

　　菟丝有繁盛也有枯萎的时候，夫妻也应该会要有两相厮守的时宜。

　　我远离家乡千里来与你结婚，正是新婚恩爱时你却离我远赴他乡。

　　相思苦岁月催人老青春有限，多么盼望夫君功成名就早日归来。

　　我自喻是朴素纯情的蕙兰花，正是美丽绽放的时候盼君早采撷。

　　过了时节你若还不归来采撷，我恐怕要随着秋草那样默默枯萎了。

　　你信守高节而爱情坚贞不渝，那我就只有守着相思苦苦地等着你。

吴淇说这是"怨婚迟之作"（《选诗定论》），是不错的。方廷珪说"与君为新婚"、"只是媒妁成言之始，非嫁时"（《文选集成》），也是不错的。这里"为新婚"只是定了婚的意思。定了婚却老不成婚，道路是悠悠的，岁月也是悠悠的，怎不"思君令人老"呢？一面说"与君"、"思君"、"君亮"，一面说"贱妾"，显然是怨女在向未婚夫说话。但既然"为新婚"，照古代的交通情形看，即使不同乡里，也该相去不远才是，怎么会"千里远"、"隔山陂"呢？也许那男子随宦而来；定婚在幼年，以后又跟着家里人到了远处或回了故乡。也许他自己为了种种缘故，作了天涯游子。诗里没有提，我们只能按情理这样揣想罢了。无论如何，那女子老等不着成婚的信儿是真的。照诗里的口气，那男子虽远隔千里，却没有失踪；至少他的所在那女子是还知道的。说"轩车来何迟！"说"君亮执高节"，明明有个人在那里。轩车是有栏杆的车子，据杜预《左传注》，是大夫乘坐的。也许男家是做官的；也许这只是个套语，如后世歌谣里的"牙床"之类。这轩车指的是男子来迎亲的车子。彼此相去千里，隔着一重重山陂，那女子似乎又无父母，自然只有等着亲迎一条路。男大当婚，女大当嫁；彼此到了婚嫁的年纪，那男子却总不来亲迎，怎不令人忧愁相思要变老了呢！"思君令人老"是个套句，但在这里并不缺少力量。

何故"轩车来何迟"呢？诗里也不提及。可能的原因似乎只有两个：一是那男子穷，道路隔得这么远，迎亲没有这笔钱。二是他弃了那女子；道路隔得这么远，岁月隔得这么久，他懒得去践那婚约——甚至于已经就近另娶，也没有准儿。照诗里的口气，似乎不是因为穷，诗里的话，那么缠绵固结，若轩车不来是因为穷，该有些体贴的句子，可是没有。诗里只说了"君亮执高节"一句话，更不去猜想轩车来迟的因由；好像那女子已经知道，用不着猜想似的。亮，信也——你一定"守节情不移"，不至于变心负约的。果能如此，我又为何自伤呢？——上文道，"伤彼蕙兰花"，"贱妾亦何为？"就是为何"伤彼"，而"伤彼"也就是自伤。张玉谷说这两句"代揣彼心，自安己分"（《古诗赏析》），可谓确切。不过"代揣彼心"未必是彼真心；那女子口里尽管说"君亮执高节"，心里却在惟恐他不"执高节"。这是一句原谅他，代他回护，也安慰自己的话。他老不来，老不给成婚的信儿，多半是变了心，负了约，弃了她；可是她不能相信这个。她想他，盼他，希望他"执高节"；惟恐他不如此，是真的，但愿他还如此，也是真的。轩车不来，却只说"来何迟"！相隔千里，不能成婚，却还说"千里远结婚"尽管千里，彼此结为婚姻，总该是固结不解的。这些都出于同样的一番苦心，一番希望。这是"怨而不怒"，也是"温柔敦厚"。

婚姻贵在及时，她能说的，敢说的，只是这个意思。"兔丝生有时"，"过时而不采"都从"时"字着眼。既然"与君为新婚"，既然结为婚姻，名分已定，情好也会油然而生。也许彼此还没有见过面，但自己总是他的人，盼望及时成婚，正是常情所同然。他的为人，她不能详细知道；她只能说她自己的。她对他的情好是怎样的缠绵固结呵。她盼望他来及时成婚，又怎样的热切呵。全诗用了三个比喻，只是回环复沓的暗示着这两层意思。"冉冉孤生竹，结根泰山阿"，"兔丝附女萝"都暗示她那缠绵固结的情好。冉冉是柔弱下垂的样子，山阿是山弯里。泰山，王念孙《读书杂志》说是"大山"之讹，可信；大山犹如高山。李善注，"竹结根于山阿，喻妇人托身于君子也。""孤生"似乎暗示已经失去父母，因此更需有所依托——也幸而有了依托。弱女依托于你，好比孤生竹结根于大山之阿——她觉得稳固不移。女萝就是松萝。陆玑《毛诗草木疏》，"今松萝蔓松而生，而枝正青。兔丝草蔓联草上，黄赤如金，与松萝殊异。""兔丝附女萝"，只暗示缠结的意思。李白诗

·077

"君为女萝草，妾作兔丝华"，以为女萝是指男子，兔丝是女子自指。就本诗本句和下文"兔丝生有时"句看，李白是对的。这里两个比喻中间插入"与君为新婚"一句，前后照应，有一箭双雕之妙。还有，《楚辞·山鬼》道，"若有人兮山之阿"，"思公子兮徒离忧"。本诗"结根大山阿"更暗示着下文"思君令人老"那层意思。

"兔丝生有时"，为什么单提兔丝，不说女萝呢？兔丝有花，女萝没有；花及时而开，夫妇该及时而会。"夫妇会有宜"，宜，得其所也，得其所也便是得其时。这里兔丝虽然就是上句的兔丝——蝉联而下，也是接字的一格——可是不取它的"附女萝"为喻，而取它的"生有时"为喻，意旨便各别了。这两语是本诗里仅有的偶句；本诗比喻多，得用散行的组织才便于将这些彼此不相干的比喻贯串起来，所以偶句少。下文惠兰花是女子自比，有花的兔丝也是女子自比。女子究竟以色为重，将花作比，古今中外，心同理同——夫妇该及时而会，可是千里隔山陂，"轩车来何迟"呢！于是乎自伤了。"一干一花而香有余者，兰；一干数花而香不足者，蕙"，见《尔雅·翼》；总而言之是香草。花而不实者谓之英，见《尔雅》。花而不实，只以色为重，所以说"含英扬光辉"。《五臣注》，"此妇人喻己盛颜之时。"花"过时而不采",将跟着秋草一块儿蔫儿了,枯了;女子过时而不婚,会真个变老了。《离骚》道,"惟草木之零落兮,恐美人之迟暮";"夫妇会有宜",妇贵及时,夫也贵及时之妇。现在轩车迟来,眼见就会失时,怎能不自伤呢?可是——念头突然一转,她虽然不知道他别的,她准知道他会守节不移;他会来的,迟点儿,早点儿,总会来的。那么,还是等着罢,自伤为了什么呢?其实这不过是无可奈何的自慰——不,自骗——罢了。

# 庭中有奇树

庭中有奇树，绿叶发华滋。

攀条折其荣，将以遗所思。

馨香盈怀袖，路远莫致之。

此物何足贡，但感别经时。

◎庭中有奇树，绿叶发华滋：奇树，犹言美树。华，指花。滋，繁盛的样子。

◎路远莫致之：致，送达。

◎此物何足贡：贡或作贵。

---

庭院里有一株奇美的树，绿叶春意盎然，繁花惹人爱。

折下最美的一枝花，想要将它送给我日夜思念的亲人。

花香染满了我的衣襟和衣袖，可是天遥地远，花儿无法送去亲人手中。

这花有什么珍贵呢？只因别离太久，想借着花儿抒发怀念之情罢了。

---

十九首古诗里，本诗和"涉江采芙蓉"一首各只八句，最短。而这一首直直落落的，又似乎最浅。可是陆时雍说得好，"十九首深衷浅貌，短语长情"。（《古诗镜》）；这首诗才恰恰当

得起那两句评语。试读陆机的拟作："欢友兰时往，菩菩匿音徽。虞渊引绝景，四节逝若飞。芳草久已茂，佳人竟不归。踯躅遵林渚，惠风入我怀。感物恋所欢，采此欲贻谁！"这首诗恰可以作本篇的注脚。陆机写出了一个有头有尾的故事：先说所欢在兰花开时远离；次说四节飞逝，又过了一年；次说兰花又开了，所欢不回来；次说踯躅在兰花开处，感怀节物，思念所欢，采了花却不能赠给那远人。这里将兰花换成那"奇树"的花，也就是本篇的故事。可是本篇却只写出采花那一段儿，而将整个故事暗示在"所思"，"路远莫致之"，"别经时"等语句里。这便比较拟作经济。再说拟作将故事写成定型，自然不如让它在暗示里生长着的引人入胜。原作比拟作"语短"，可是比它"情长"。

诗里一面却详叙采花这一段儿。从"庭中有奇树"而"绿叶"，而"发华滋"，而"攀条"，而"折其荣"；总而言之，从树到花，应有尽有，另来了一整套儿。这一套却并非闲笔。蔡质《汉官典职》，"宫中种嘉木奇树"，奇树不是平常的树，它的花便更可贵些。

这里浑言"奇树"，比拟作里切指兰草的反觉新鲜些。华同花，滋是繁盛。荣就是华，避免重复，换了一字。朱筠说本诗"因人而感到物，由物而说到人"，又说"因意中有人，然后感到树……'攀条折其荣，将以遗所思'，因物而思绪百端矣"（《古诗十九首说》），可谓搔着痒处。诗中主人也是个思妇，"所思"是她的"欢友"。她和那欢友别离以来，那庭中的奇树也许是第一回开花，也许开了不止一回花，现在是又到了开花的时候。这奇树既生在庭中，她自然朝夕看见；她看见叶子渐渐绿起来，花渐渐繁起来。这奇树若不在庭中，她偶然看见它开花，也许会顿吃一惊：日子过得快呵，一别这么久了！可是这奇树老在庭中，她天天瞧着它变样儿，天天觉得过得快，那人是一天比一天远了！这日日的煎熬，渐渐的消磨，比那顿吃一惊更伤人。诗里历叙奇树的生长，便为了暗示这种心境；不提苦处而苦处就藏在那似乎不相干的奇树的花叶枝条里。这是所谓浅貌深衷。

孙矿说这首诗与"涉江采芙蓉"同格，邵长蘅也说意同。这里"同格"、"意同"只是一个意思。两首诗结构各别，意旨确是大同。陆机拟作的末语跟"涉江采芙蓉"第三语只差一"此"字，差不多是直抄，便可见出。但是"涉江采芙蓉"有行者望乡一层，本诗专叙居者采芳欲赠，轻重自然不一样。孙矿又说"盈怀袖"一句意新。本诗只从采芳着眼，便酝酿出这新意。采芳本为了被除邪恶，见《太平御览》引《韩诗》章句。被除邪恶，凭着花的香气。"馨香盈怀袖"见得奇树的花香气特盛，比平常的香花更为可贵，更宜于赠人。一面却因"路远莫致之"——致，送达也——久久的、痴痴的执花在手，任它香盈怀袖而无可奈何。《左传》声伯《楚歌》，"归乎，归乎！琼魂盈吾怀乎！"《诗·卫风》"籊籊竹竿，以钓于淇。岂不尔思？远莫致之。"本诗引用"盈怀""远莫致之"两个成辞，也许还联想到各原辞的上一语："馨香"句可能暗示着"归乎，归乎！"的愿望，"路远"句更是暗示着"岂不尔思"的情味。断章取义，古所常有，与原义是各不相干的。诗到这里来了一个转语，"此物何足贡"？贡，献也，或作贵。奇树的花虽比平常的花更可贵，更宜于赠人，可是为人而采花，采了花而"路远莫致之"，又有什么用处！那么，可贵的也就不足贵了。泛称"此物"，正是不足贵的口气。"此物何足贵？"将攀条折荣，香盈怀袖，路远莫致，一笔抹杀，是直直落落的失望。"此物何足贡？"便不同一些。此物虽可珍贵，但究竟是区区微物，何足献给你呢？没人送去就没人送去算了。也是失望，口气较婉转。总之，都是物轻人重的意思，朱筠说"非因物而始思其人"，一语破的。意中有人，眼看庭中奇树叶绿花繁，是一番无可奈何；幸而攀条折荣，可以自遣，可遗所思，而路远莫致，又是一番无可奈何。于是乎"但感别经时"。"别经时"从上六句见出："别经时"原是一直感着的，盼望采花打个岔儿，却反添上一层失望。采花算什么呢？单只感着别经时，老只感着别经时，无可奈何的更无可奈何了。"这次第怎一个'愁'字了得"呵！孙矿说"盈怀袖"一句下应以"别经时"，"视彼（涉江采芙蓉）较快，然冲味微减"。本诗原偏向明快，"涉江采芙蓉"却偏向深曲，各具一格，论定优劣是很难的。

（原载《国文月刊》，1941年6—9、15期连续刊登，仅释9首而止。）

诗
——
拾

# 迢迢牵牛星

迢迢牵牛星，皎皎河汉女。

纤纤擢素手，札札弄机杼。

终日不成章，泣涕零如雨。

河汉清且浅，相去复几许。

盈盈一水间，脉脉不得语。

◎迢迢牵牛星，皎皎河汉女：迢迢，远也。皎皎：明也。河汉，就是银河。女，是织女星的简称。

◎纤纤擢素手，札札弄机杼：擢，本义为抽引、拉拔，这里引申为"举"的意思。札札：使用机杼时的响声。机杼：为织机的总称。

◎泣涕零如雨：零如雨，形容涕泪纵横的样子。

◎相去复几许：几许，犹言几何，谓距离之近。

◎脉脉不得语：《尔雅》曰：脉，相视也。

在银河东南牵牛星遥遥可见，在银河之西织女星明亮皎洁。

织女正摆动她柔长素净的双手，织布机札札地响个不停。

因为相思一整天也没织成一段布，哭泣的眼泪如同雨水般落下。

这银河看起来又清又浅，两岸相隔又有多远呢？

虽然只相隔了一条银河，但也只能痴痴凝望相视无言。

诗 ——— 拾壹

# 回车驾言迈

回车驾言迈，悠悠涉长道。

四顾何茫茫，东风摇百草。

所遇无故物，焉得不速老。

盛衰各有时，立身苦不早。

人生非金石，岂能长寿考。

奄忽随物化，荣名以为宝。

◎回车驾言迈，悠悠涉长道：回，转也。言，语助词。迈，远行也。涉，本义是徒步过水；引申之，凡渡水都叫"涉"；再引申之，则不限于涉水。

◎四顾何茫茫：茫茫，广大而无边际的样子。这里用以形容"东风摇百草"的客观景象。

◎人生非金石：此句言生命的脆弱。金，言其坚。石，言其固。

◎奄忽随物化：奄忽，急遽也。随物化，犹言"随物而化"，指死亡。

转回车子驾驶向远方，遥远的路途跋涉难以到达。

一路上四野广大而无边际，春风吹摇枯萎的野草。

眼前的一切都不是过去熟悉的事物，人又何尝不是很快地变老呢？

草木和人生由盛而衰的自然规律是相似的，所以处世立业必须及时把握啊。

人的生命不如金石般坚固，哪里能够长生不老？

倏忽之间生命就衰老死亡了，只有扬名立万才是真正的价值啊。

# 东城高且长

东城高且长，逶迤自相属。

回风动地起，秋草萋已绿。

四时更变化，岁暮一何速。

晨风怀苦心，蟋蟀伤局促。

荡涤放情志，何为自结束。

燕赵多佳人，美者颜如玉。

被服罗裳衣，当户理清曲。

音响一何悲，弦急知柱促。

驰情整中带，沉吟聊踯躅。

思为双飞燕，衔泥巢君屋。

注

◎东城高且长，逶迤自相属：城高且长，故登之以望也。逶迤，曲折而绵长的样子。

◎秋草萋已绿：萋已绿，犹言"绿已萋"，是说在秋风摇落之中，草的绿意已凄然向尽。萋，通"凄"。

◎四时更变化：更变化，意为互相更替变化。

◎晨风怀苦心：晨风，鸟名，一种健飞的鸟；怀苦心，即"忧心钦钦"之意。

◎被服罗裳衣：被服，犹言穿着。被，披也。

◎沉吟聊踯躅：聊，意为姑且。踯躅，是驻足的意思。且前且退貌，是一种极端悲哀的情感的表现。

◎衔泥巢君屋：意指同居。君，指歌者。

译

洛阳城东高高的城墙曲折绵长，从鳞次栉比的楼宇外绕过一圈，又回到原处。

转眼又有秋风在大地上激荡而起，使往昔葱绿的草野霎时变得凄凄苍苍。

四季流转变迁，转眼一年又过去了！

晨风鸟儿在风中苦涩地啼叫，蟋蟀也因寒秋降临而伤心哀鸣。

不但是人生，自然界的一切生命，都感到了时光的流逝与短促。何不早些涤除烦忧，放开情怀，去寻求生活的乐趣呢？

那燕赵之地，美人如玉。

穿着罗裳薄衣随风飘逸拂动，仪态雍容端坐正习练着清商之曲。

因为琴瑟之柱调得太紧促，那琴间竟似骤雨急风，听来分外悲婉动人。

由于听曲动心，不自觉地引起遐思，手在摆弄衣带，无以自遣怅惘的心情。

被佳人深情的曲调感动，心里遥想着要与佳人成为双飞燕，衔泥筑巢永结爱侣。

诗 —— 拾叁

# 驱车上东门

驱车上东门，遥望郭北墓。

白杨何萧萧，松柏夹广路。

下有陈死人，杳杳即长暮。

潜寐黄泉下，千载永不寤。

浩浩阴阳移，年命如朝露。

人生忽如寄，寿无金石固。

万岁更相送，圣贤莫能度。

服食求神仙，多为药所误。

不如饮美酒，被服纨与素。

◎驱车上东门：东门，洛阳东城三门中最近北的城门，东有三门，最北头是上东门。

◎遥望郭北墓：郭北墓，指洛阳城北的北邙山。城阳恭王刘祉死，葬于北邙，其后王侯卿相亦多葬此，遂成著名的公墓地带。

◎松柏夹广路：广路，指墓道。北邙山是富贵人的墓地，墓门前有宽阔的墓道。

◎下有陈死人：陈死人，久死之人。

◎万岁更相送：万岁，犹言自古。更相送，是说生死更迭，一代送一代，永无了时。

◎圣贤莫能度：莫能度，指不能超越这一客观规律。度，通"渡"，超越的意思。

◎被服纨与素：纨、素，都是白色的丝织品，就是绢。

驱车出了上东门，回头遥望城北，看见邙山墓地。

墓道萧萧，长风摇荡着枝条，墓路两旁的松柏散发着阴森寒意。

陵墓的下面，是早已死去的先人，人死去就像堕入漫漫长夜。

寄身于永恒的黑暗中，沉睡于黄泉之下，千年万年，再也无法醒来。

春夏秋冬，流转无穷，而人的一生，却像早晨的露水，太阳一晒就消失了。

人生好比那匆匆寄宿的旅客，人的寿命亦不像金子石头那般坚牢，经不起多少跌撞。

岁去年来，生死更迭，即便是圣贤也无法超越生老病死的客观规律。

传说中的神仙是不死的，然而服药求做神仙，又常常被药毒死贻误此生。

还不如喝点好酒，穿些好衣服，只图眼前快活吧!

诗

——

拾
肆

# 去者日以疏

去者日以疏，生者日以亲。

出郭门直视，但见丘与坟。

古墓犁为田，松柏摧为薪。

白杨多悲风，萧萧愁杀人。

思还故里闾，欲归道无因。

◎去者日以疏，生者日以亲：去者、来者，指客观现象中的一切事物。来，一作"生"。"生者"，指新生的事物，与"来"同义。

◎出郭门直视："郭门"就是外城的城门。

◎思还故里闾：故里闾，意为故居。里，古代五家为邻，二十五家为里，后来泛指居所，凡是人户聚居的地方通称做"里"。闾，本义为里巷的大门。

---

译

死去的人因岁月流逝而日渐疏远了啊，活着的人却会因离别愈久而更感亲切。

走出城门来到郊外，放眼望去却只见遍地荒丘野坟。

古墓被犁成了耕地，墓地中的松柏也被摧毁而成为柴薪。

白杨树在秋风吹拂下发出悲凄的声响，那萧萧悲凄的声响使人愁然。

身逢乱世，羁旅天涯的我啊，想要归返故里，可是心想回家却又找不到回家的路！

诗
———
拾
伍

# 生年不满百

生年不满百，常怀千岁忧。

昼短苦夜长，何不秉烛游！

为乐当及时，何能待来兹？

愚者爱惜费，但为后世嗤。

仙人王子乔，难可与等期。

◎何能待来兹：来兹，是来年的意思。

◎愚者爱惜费：费，指钱财。

---

译

　　一个人活在世上通常不满百岁，心中却总记挂着千万年后的忧愁，这是何苦呢？

　　既然老是埋怨白天是如此短暂，黑夜是如此漫长，那么何不拿着烛火，日夜不停地欢乐游玩呢？

　　人生应当及时行乐才对啊！何必总要等到来年呢？

　　愚笨的人锱铢必计吝啬守财，死后的人们都会遗憾自己不懂享乐。

　　像王子乔那样成仙的人，恐怕难以再等到吧！

诗
—
拾
陆

# 凛凛岁云暮

凛凛岁云暮，蝼蛄夕鸣悲。

凉风率已厉，游子寒无衣。

锦衾遗洛浦，同袍与我违。

独宿累长夜，梦想见容辉。

良人惟古欢，枉驾惠前绥。

愿得常巧笑，携手同车归。

既来不须臾，又不处重闱。

亮无晨风翼，焉能凌风飞。

眄睐以适意，引领遥相睎。

徙倚怀感伤，垂涕沾双扉。

◎蟋蟀夕鸣悲：蟋蟀，害虫，夜喜就灯光飞鸣。

◎凉风率已厉：率，大概的意思。厉，猛烈。

◎良人惟古欢，枉驾惠前绥：良人，是古代妇女对丈夫的尊称。惟古欢，意为念旧情。惟，思也。古，故也。欢，指欢爱的情感。枉驾，是说不惜委屈自己驾车而来。枉，屈也。

◎又不处重闱：重闱，意为深闺。闱，闺门。

◎亮无晨风翼：晨风，鸟名，飞得最为迅疾。

---

译

　　寒冷的岁末，百虫非死即藏，那蟋蟀彻夜鸣叫而悲声不断。

　　冷风皆已吹得凛冽刺人，遥想那游子居旅外地而无寒衣。

　　结婚定情后不久，良人便经商求仕远离家乡。

　　独宿而长夜漫漫，梦想见到亲爱的容颜。

　　梦中的夫君还是殷殷眷恋着往日的欢爱，梦中见到他依稀还是初来迎娶的样子。

　　但愿此后长远过着欢乐的日子，生生世世携手共度此生。

好梦不长，良人归来既没有停留多久，更未在深闺中同自己亲热一番，一刹那便失其所在。

只恨自己没有晨风一样的双翼，不能凌风飞去，飞到良人的身边。

在无可奈何的心情中，只有伸长脖子远望寄意，聊以自遣。

只有依门而倚立，低回而无所见，内心的感伤，不禁泪流满面。

# 孟冬寒气至

孟冬寒气至，北风何惨栗。

愁多知夜长，仰观众星列。

三五明月满，四五詹兔缺。

客从远方来，遗我一书札。

上言长相思，下言久离别。

置书怀袖中，三岁字不灭。

一心抱区区，惧君不识察。

注

◎孟冬寒气至：孟冬，指冬季的第一个月，即十月。孟，长也。

◎三五明月满，四五蟾兔缺：三五，指阴历十五。四五，指阴历
二十。蟾兔，即"蟾兔"，民间把月中的黑影叫作"蟾兔"，后来
就成为月的代称。

◎上言长相思，下言久离别：上，谓书札的开头。言，本义为说、说话，
这里指信中所写。下，谓书札的结尾。

◎一心抱区区：区区，指拳拳，诚恳而坚定。

译

农历十月，寒气逼人，呼啸而来的北风凛冽，一片肃杀之气。

满怀愁思，夜晚更觉漫长，抬头仰望天上罗列的星星，

十五月圆，二十月缺。

有客人从远地来，带给我一封信函。

信中先说他常常想念着我，后面又说已经分离得太久了。

把信收藏在怀袖里，至今已过三年，字迹仍不曾磨灭。

我一心一意爱着你，只怕你不知道这一切。

诗
——
拾
捌

# 客从远方来

客从远方来，遗我一端绮。

相去万余里，故人心尚尔。

文采双鸳鸯，裁为合欢被。

著以长相思，缘以结不解。

以胶投漆中，谁能别离此。

◎**遗我一端绮**：遗，给予、馈赠的意思，指客替故人带来赠品。绮，绫罗一类的丝织品。织成彩色花纹的叫"锦"，织成素色花纹的叫作"绮"。一端，即半匹，长二丈。

◎**裁为合欢被**：合欢被，是指把绮裁成表里两面合起来的被，所以有合欢之义，象征夫妇同居的愿望。合欢，原是植物名，汉朝凡是两面合来的物件都称为"合欢"。

---

译

客人风尘仆仆，从远方送来了一端织有文彩的素缎。

它是万里之外的夫君处捎来，这丝丝缕缕，该包含着夫君对我的无尽关切和惦念之情！

绮缎上面织有文彩的鸳鸯双栖，我要将它做条温暖的合欢被。

床被内须充实以丝绵，被缘边要以丝缕缀。丝绵再长，终究有穷尽之时，缘结不解，终究有松散之日。

唯有胶和漆，黏合固结，再难分离。就让我与夫君像胶和漆一样投合、固结吧，看谁还能将我们分隔。